MANDEMENT

DE MONSEIGNEUR

L'EVÊQUE DE S. PONS,

TOUCHANT L'ACCEPTATION

DE LA BULLE DE N. S. P. LE PAPE

CLEMENT XI.

SUR LE CAS SIGNÉ PAR XL. DOCTEURS.

AVEC LA JUSTIFICATION DES XXIII. EVESQUES
qui voulant procurer la paix à l'Eglise de France en 1667. se
servirent de l'expression du *Silence respectueux*, pour marquer la
soumission qui est dûë aux décisions de l'Eglise sur les Faits non
revelez, avec les moyens de rétablir à present cette paix.

M. DCCVI.

MANDEMENT

DE MONSEIGNEUR

L'EVÊQUE DE S. PONS;

Touchant l'acceptation de la Bulle de N.S.P. le Pape
CLEMENT XI. fur le cas figné par quarante Docteurs.

AVEC LA JUSTIFICATION DES VINGT-TROIS * EVEQUES
*qui voulant procurer la paix à l'Eglife de France en 1667. fe
fervirent de l'expreffion du* Silence refpectüeux *, pour marquer
la foumiffion qui eft düë aux Décifions de l'Eglife fur les Faits
non revelez, avec les moyens de retablir à prefent cette paix.*

PIERRE-JEAN-FRANCOIS
par la Providence Divine, Evêque de S. Pons
aux Chapitre Cathedral, Abbez, Archiprêtres,
Prieurs, Curez, Vicaires & Communautez Reli-
gieufes de nôtre Diocefe Salut & Benediction.

Si l'Efprit de Dieu, parlant par la bouche du plus Sage des
mortels declare fes Elûs ennemis de toute diffention ; Si JESUS-
CHRIST avant de monter à Dieu fon Pere, laiffa la paix pour
heritage à fon Eglife ; Si faint Jean preffoit fes Difciples juf-

* Nicolas Pavillon, Evéque d'Alet. François Caulet, Evêque de Pamiers. Nicolas Choüart
de Buzanval, Evêque de Beauvais. Henry Arnaud, Evêque d'Angers. Louis Henry de Gon-
drin, Archevêque de Sens. Felix Vialart, Evêque & Comte de Châlons. François Perro-
chel, Evêque de Boulogne. Dominique de Ligni, Evêque de Meaux. François Pericard,
Evêque d'Angoulême. Henry de Laval Bois-Dauphin, Evêque de la Rochelle. Gilbert de
Choifeul, Evêque de Comenge & depuis de Tournai. Bernard de Marmieffe, Evêque de
Conferans. Pierre-Jean-François de Montgaillard, Evêque de S. Pons. Roger de Harlay
de Cefi, Evêque de Lodeve. Antoine Godeau, Evêque de Vence. Louis-Hercules de Vau-
dour, Evêque de Mirepoix. Claude Joly, Evêque & Comte d'Agen. Louis de Baffom-
pierre, Evêque de Xaintes. Charles-François de la Vieville, Evêque de Rennes. Charles
de Bourlon, Evêque de Soiffons. François Faure, Evêque d'Amiens. Louis de Guron, Evêque de Tulles, depuis de Comenge. François Mallier, Evêque de Troïes.

A

qu'à l'importunité de demeurer toujours unis par les liens d'une charité inviolable; Si S. Paul invective dans plusieurs de ses Epitres contre ceux qui s'agittent par un esprit de vaine gloire sur des questions curieuses & inutiles, declarant que ce n'est pas là son usage, ni celui de l'Eglise de Dieu; Enfin si cette même Eglise fait chanter à son Clergé au levé du Soleil, * à midi, & à la fin du jour, l'horreur qu'elle a des divisions entre ses enfans, n'ai-je pas eu raison, MES TRES CHERS FRERES de m'apliquer durant quarante ans à détourner de vos esprits toute occasion de dispute sur des matieres sublimes, inutiles, pleines d'obscurité, & qui partagent l'Eglise de France depuis soixante ans.

Cette longue opiniâtreté ne justifie que trop la pensée de saint Augustin, † que rien n'est plus rare, & plus difficile, que de conserver la charité, la moderation & la patience & de ne pas perdre la pieté & le sens-froid, lors même qu'on ne pense qu'à ramener les autres par la force du raisonnement, à combattre leurs idées les plus grossieres.

Quand je n'en dirois pas davantage pour faire entendre quelle est cette matiere agitée en nos jours, obscure en elle-même, feconde en difficultez & propre à exciter les passions, vous comprendriez aisément, que c'est ce qu'on apelle *le Jansenisme*. Je persisterois encore, MES TRES CHERS FRERES, dans mon profond silence si religieusement observé depuis tant d'années sur cette matiere, si je ne me trouvois dans une obligation indispensable de justifier la memoire de XXII. Evêques *de* ma Religion & la vôtre attaquées sous le pretexte de l'expression *du silence respectueux*, dont nous nous servîmes en

---

* Himnes de Prime, de Sexte & de Vespres du Vendredy.

† *Lib. contra Epist. Manichei.*

1667. pour rendre la paix à l'Eglise. Je ne sçai pas même si sans cette consideration, je ne me rendrois pas plus lent à vous parler de la Bulle de N· S· P· le Pape Clement XI. contre le cas de conscience signé par 40. celebres Docteurs de Sorbonne; étant encore tres persuadé aujourd'huy, que le meilleur moien de voir ce feu ralumé depuis peu avec tant de vivacité, s'éteindre bientôt de lui-même, c'est de garder le silence sur toutes ces contestations.

Cependant pressé par l'autorité du Saint Siege Apostolique, par la Declaration du Roy, par la deliberation de l'Assemblée du Clergé de France, par l'exemple de tous mes Confreres, & par la crainte de scandaliser les foibles qui ne manqueroient pas de prendre mon silence pour une revolte ouverte, & peut-être pour une marque que nous soutenons les erreurs des cinq propositions, je ne puis plus m'empêcher de vous instruire sur cette matiere, non par un simple Mandement, mais par une espece d'apologie, qui laissera à la Posterité, au moins dans ce Diocese, un témoignage de la pureté de nostre Foy & de nostre respect pour le Saint Siege ; Ce sera aussi pour vous, MES TRES CHERS FRERES, un moien de demêler le vrai d'avec le faux, ce qui interesse la Religion d'avec ce qui ne la regarde pas; & entre tant de choses qu'on publie propres à nous deshonorer, celles qui seroient capables de faire quelque impression, de celles qui ne meritent que du mépris. Si l'on juge à l'avenir de l'importance de l'affaire du Jansenisme par la chaleur des parties, & par la vivacité de leurs expressions, on croira qu'il s'y agissoit du fond du Christianisme & que les XXIII. Evêques, qui ont cherché des moiens de condescendance pour retablir la paix dans l'Eglise de France, ont prevariqué dans leur ministere. Cependant ils

n'ont fait que diſtinguer la Religi de la paſſion , jugean
qu'il n'y a rien de preferable à l'union des eſprits , principa
lement ſur des Myſteres incomprehenſibles & cachez, pou
ainſi dire , ſøus la profondeur de la ſcience & de la ſageſſe de
Dieu , tel qu'eſt celui de la Grace.

C'eſt auſſi ce rétabliſſement de la paix de l'Egliſe qui faiſoit tout le deſir de ces Prelats. Dans ces vûës nous crûmes ne
devoir pas decider ce que nous ne ſçavions pas, ou ce dont
nous doutions, aïant mieux aimé nous expoſer à ces langues
orgueilleuſes & médiſantes * qui condamnent avec une eſpece
de blaſpheme tout ce qu'elles n'entendent pas. Ces ſortes de
gens ſont bien éloignez de l'humilité de S. Auguſtin, qui bien
que reconnu dans les ſuites par ſep Papes pour la veritable lu-
miere de l'Egliſe ſur les matieres de la grace , ne laiſſe pas d'a-
voüer * qu'il ne pouvoit entendre la ſignification du terme
d'élection, duquel depend neanmoins toute l'intelligence de la
Predeſtination & de la Reprobation, de l'efficacité de la grace & de la liberté de l'homme , de l'impenitence finale & du
don de perſeverance , c'eſt Janſenius lui-même qui raporte
les paroles de ce Pere.

Les XXIII. Evêques n'heſiterent pas à ſe faire un merite
de leur ignorance & ſans ſe piquer d'en ſçavoir plus que l'E-
gliſe n'en a enſeigné , ils s'apliquerent à éviter ſur toutes choſes de faire naître de nouvelles queſtions touchant des myſteres ſi difficiles à expliquer; ils prévoïoient déja en quelque
ſorte qu'on ſe feroit une eſpece de Religion, pour ne pas dire un point d'honneur , de faire recevoir ſes raiſonnemens

* Hi autem quæcumque quidem ignorant blaſphemant. *Ep. Judæ.*

† Certè ita occulta eſt hæc electio , ut in eadem conſperſione nobis prorſus apparere non
poſſit aut ſi apparet quibuſdam, ego in hac re meam infirmitatem fateor.

ſur

ces matieres pour des regles de Foy , & qu'on se traiteroit reciproquement d'heretiques sur des chefs qui ne le meritent pas.

En effet aprés de longues disputes on se mit à discuter la question , dont les suittes agitent encore aujourd'huy l'Eglise de France & celles des Païs - Bas , quoi qu'elle soit une des plus minces, s'il m'est permis d'user de ce terme & où l'Eglise a le moins d'interest. Je parle du fait de Janfenius , c'est à dire , sçavoir S'il a bien ou mal expliqué la Doctrine de S. Augustin sur la Grace , Si les cinq fameuses propositions sont dans Janfenius, ou si elles n'y sont pas ; si on y lit les termes formels dont elles sont composées, ou seulement d'equivalents ; si le sens condamné par les Bulles des Papes s'y trouve , ou si on ne l'y trouve pas ; si cet Evêque a eu effectivement intention d'enseigner la Doctrine erronée des cinq propositions, ou s'il ne l'a pas euë ? cette derniere question regarde le fait personnel. L'Eglise a-t-elle assez d'interêt à ces questions pour qu'on puisse justifier l'animosité des Docteurs des deux Partis , qui se traittent d'un côté d'Hretiques , de Schismatiques, de Gens de cabale , également dangereux pour la Religion & pour l'Etat, & de l'autre d'ignorans pleins de l'esprit d'une domination absoluë , de courtisans injustes, de foibles, d'esclaves de la passion de faire fortune , jusqu'à sacrifier honteusement la verité , sans la vouloir ni connoître , ni rechercher, ni écouter ? Ce ne sont pas au reste des Ecrivains du commun, qui parlent de la sorte, ce sont les plus grands genies de l'un & de l'autre Parti.

Voici quelques expressions de ces Ecrivains : *Il ne faut avoir que des yeux*, dit le Pere Annat Jesuite & Confesseur du Roy, *pour lire dans Janfenius les cinq propositions. Il n'est pas plus dif-*

B

ficile de les y voir qu'une maison en paffant dans une Ville &
un baftiment d'une telle & telle fa : Il n'eſt pas moins certain
qu'elles y ſont dans le ſens condamné par les Bulles, qu'il eſt certain que le feu eſt chaud, & l'eau humide : Il faut avoir l'eſprit en-
tierement renverſé pour en douter : & c'eſt eſtre auſſi extravagant
que le ſeroit celui qui nieroit, que les Turcs ont fait la guerre en
Hongrie en 1664. & que le Roy a un Dauphin ; en un mot il faut
eſtre ſtupide pour ne pas les y voir.

Celles du Parti oppoſé ne ſont pas moins vives. Il faut, dit-
ôn, avoir renoncé à la raiſon, à l'honneur & à la Religion pour
dire qu'on voit les cinq propoſitions dans Janſenius, ou pour nier
que la Doctrine de ce Livre ſoit abſolument oppoſée au ſens condamné de ces propoſitions. La Doctrine contraire, diſoit ce Parti,
s'y trouvoit en termes ſi exprés, qu'il n'étoit pas plus aiſé de voir
la clarté dans le Soleil, la blancheur dans la neige, & une maiſon
dans une Ville, &c.

Les premiers croioient qu'il y alloit de l'honneur du Saint
Siege, qu'on vît les cinq propoſitions dans ce Livre, le Pape
s'en étant expliqué dans ſa Conſtitution & les autres perſuadez qu'elles n'y étoient pas, ſoutenoient que le Pape n'avoit
fait que raporter ſimplement ce que pluſieurs Evêques de France lui avoient écrit, ſans qu'il eût eu envie de flêtrir ni le
livre, ni la memoire de Janſenius, ni même proprement de
decider le fait.

Les eſprits étant aigris au dernier point, & s'étant fait à
Paris pluſieurs Aſſemblées particulieres d'Evêques, les generales de 1656. & de 1660. firent leur Formulaire, où la queſtion
de fait & celle de droit furent envelopées, & le Pape Alexandre VII. qui avoit déclaré par un Bref que ſon Predecef-
ſeur croiant que la Doctrine de Janſenius étoit celle des cinq

propofitions avoit eu intention de condamner fon Livre , fut preffé de terminer cette affaire. Il fit en effet une Conftitution où il joignit un Formulaire, femblable à celui de l'Affemblée du Clergé de France, avec ordre à tous les Evêques de le fignez & de les faire figner à tous leurs inferieurs du Clergé Seculier & Regulier.

Cette Conftitution mit MM. les Evêques d'Alet , de Pamiers , d'Angers & de Beauvais dans la neceffité de parler. Comme ils virent non feulement les Docteurs, mais encore MM. de Marca & de Perefixe tous deux Archevêques de Paris dans des fentimens tout-à-fait oppofez , étant convaincus d'ailleurs que leur caractere les rendoit Dépofitaires & Juges de la Foy, ils s'inftruifirent du fond de la matiere dont il s'agiffoit, autant que leur âge & leurs occupations le leur pouvoient permettre. Ils fe profternerent devant la Majefté Divine & lui demanderent avec larmes les lumieres neceffaires pour connoître leurs obligations dans cette conjoncture,& la force dont ils avoient befoin pour les remplir.

Enfin aprés de longues prieres & de ferieufes reflexions fur la conduite de JESUS-CHRIST qui expliquoit nettement à fes Difciples ce qu'ils ne comprenoient pas de fa doctrine , aiant auffi pris avis de leurs Confreres voifins & de leurs amis, que leur humilité les porta à confulter , ils crûrent que ce feroit un crime à des Pafteurs, qui doivent nourrir leurs troupeaux du Pain de la Verité , de leur prefenter une doctrine mauvaife ou équivoque, ou même de garder le filence par la crainte des évenemens. Ce n'eft pas fur l'hereticité des cinq propofitions, de laquelle tout le monde convenoit , ni même en particulier fur le fait ; c'eft-à-dire, fçavoir fi elles étoient effectivement ou n'étoient pas de Janfenius dans le sens condamné par les Bulles, qu'ils consulterent. Comme les Souverains Pontifes étoient déja declarez sur ce fait, ces Prelats étoient persuadez, qu'on ne devoit pas s'élever contre eux sur un point qui n'interessoit nullement la Religion; ils ne consulterent donc qu'en general sur la nature de la soumission dûë aux faits doctrinaux decidez par l'Eglise: Et voïant que tous convenoient qu'il n'y avoit ni Canons, ni Conciles, ni Decrets, ni réponses de Papes, ni decisions de Peres de l'Eglise, ni resolutions de Facultez de Theologie, ni d'anciens Docteurs, ni même des disputes précises sur cet article, ils conclurent que si l'Eglise avoit crû devoir faire un dogme là-dessus, elle n'auroit pas manqué de s'en expliquer dans des occasions importantes, où l'on a vû Conciles contre Conciles, Papes contre Papes, Peres de l'Eglise contre Peres de l'Eglise. Ainsi la question du fait dont il s'agissoit n'étant dans le fond de nulle importance pour l'Eglise, puisque celle du droit ne recevoit aucune difficulté, ils crûrent ne devoir pas innover dans le dix-septiéme Siecle, ni s'exposer à des consequences nuisibles à la Religion, au S. Siege, au Roi & à l'Etat. C'est ce qui les fit determiner enfin à expliquer nettement dans leurs Mandemens, qu'on ne pouvoit pas confondre la foy & la soumission dûë aux dogmes, avec celle que l'Eglise demande sur les faits qui arrivent de jour en jour, même sous pretexte de l'inseparabilité du droit d'avec le fait dans des propositions dogmatiques.

On voulut faire le procés aux quatre Evêques, comme s'ils favorisoient par leurs Mandemens les erreurs des cinq propositions condamnées; mais M. l'Archevêque de Sens & dix-huit autres Evêques, du nombre desquels j'avois l'honneur d'être, écrivirent au Pape & au Roy, que si c'étoit un crime à leurs

quatre

quatre Confreres de traiter l'infaillibilité de l'Eglife fur les
faits non revelez, d'erreur & de nouveauté pernicieufe contraire à tous les principes de la Religion & aux interêts de Sa Ma-
efté & de l'Etat, ce ne feroit pas leur crime particulier, mais
celui d'eux tous, cette doctrine étant même celle de toute l'E-
glife.

Cependant nous ne manquâmes pas de condamner fortement
les erreurs des cinq propofitions, mais en nous croiant d'autant
plus obligez de nous oppofer au nouveau Dogme de l'infeparabilité du droit & du fait, que nous avions prefque tous dans
nos Diocefes desCalviniftes appliquez à calomnier les Evêques
& les Papes, comme s'ils ne cherchoient qu'à dominer tyranniquement fur les Fidelles en les foumettant à leur doctrine intereffée, fous pretexte de l'affiftance infaillible du S. Efprit.
Artifice felon ces heretiques, dont les Evêques fe fervoient
pour divinifer leurs penfées particulieres, fuivant l'impreffion
laiffée par le ferpent dans l'efprit de nos premiers Peres & de
leurs enfans.

Nos lettres neanmoins furent écrites avec beaucoup de cir-
confpection touchant le fait de Janfenius & nous le devions
faire ainfi, foit parceque plufieurs d'entre nous n'étoient pas
prevenus en faveur de fon Livre plein d'obfcuritez, foit parce
que les Bulles des Papes s'étant expliquées nettement contre la
doctrine qu'il contient, nous ne devions pas les contredire, il
nous fuffifoit de trouver un expedient pour appaifer les confciences de ceux qui croioient qu'on vouloit les obliger d'affir-
mer par ferment fans en être perfuadez, la verité des faits qui
arrivent de jour en jour & qui font decidez par l'Eglife.

Nous regardâmes donc le fait de Janfenius, à la verité comme l'occafion dont on vouloit fe fervir pour établir le Dogme

C

de l'inseparabilité du droit & du fait ; mais non comme
principal objet de nôtre application ; de sorte que ne voula
point discuter à fond, si ce Prélat avoit effectivement enseig
la Doctrine erronnée des cinq propositions, ou s'il ne l'avo
pas fait, nous crûmes, que le meilleur moïen d'assoupir cet
affaire, c'étoit de trouver une expression qui, sans faire u
Dogme de la nature de la soumission dûë à la decision des fai
non revelez, pût faire connoître que nous regardions com
me un devoir indispensable à des Evêques & aux fidelles
de donner au S. Siege un témoignage de soumission qu'il de
mandoit, sur le fait decidé par les Bulles.

Nous crûmés trouver ces avantages dans l'expression du si
lence respectueux, qui nous parut d'ailleurs trés propre à con
cilier les esprits, à remplir les differens devoirs, ausquels les cir
constances de ces disputes nous engageoient

Leur simple & fidelle exposition suffiroi pour justifier dan
l'esprit des personnes non passionnées les XXIII. Evesques
en faisant voir par quels motifs ils ont agi ; mais la prevention
où l'on a mis aujourd'huy le public contre ces grands Prélat
sous le pretexte de la derniere Bulle, m'oblige à ramasser tou
tes les raisons qu'on allegue pour déchirer leur mémoire
aprés avoir exposé les motifs de leur conduite.

I.

Le premier motif qui nous obligea donc d'adopter le silen
ce respectueux, fut le scandale causé par l'opposition des par
tis dont les écrivains se déchiroient mutuellement par des in
jures attroces, se servant des expressions outrées, que j'ai rap
portées cy-dessus. Comme les uns asseuroient qu'ils voioient
clairement le sens condamné des cinq propositions dans les
mêmes chapitres, dans les mêmes pages, & quelquefois

dans les mêmes lignes du Livre de Janfenius, où leurs adverfaires foutenoient qu'ils voïoient trés diftinctement le contraire; Nous jugeames qu'une telle contradiction entre des gens de bonne foy, éclairez & qui paroiffoient avoir du zele pour le maintien de la Religion, ne pouvoit venir que des fens differens de plufieurs termes de ce gros volume *in folio* compofé de douze cens pages.

On pourroit croire que ce que j'avance, n'eft qu'une invention pour difculper les XXIII. Evêques de s'étre expofez legerement à déplaire à la Cour de Rome & à celle de France, c'eft pourquoy je ferai mettre ces termes au bas de ce Mandement avec plus de cent explications differentes, qu'on y peut donner; fi je ne les mets pas ici, c'eft qu'il faut eftre Theologien pour les entendre.

Cependant je dois vous avertir, qu'encore que les cinq propofitions foient compofées de ces termes fujets à tant de fens differens, on n'en peut pas conclurre, qu'elles foient moins bien cenfurées, puifque la maniere dont ces termes font arrangez, les rend fi peu équivoques & leur fens propre & naturel qui fe prefente d'abord à l'efprit, fi évidemment erronné, que tous les partis conviennent qu'en ce fens elles font vifiblement heretiques.

Ce fens naturel des propofitions n'empêche pas neanmoins, qu'on ne puiffe leur en donner un autre contraire à celui là & foûtenir ainfi, ou que leur fens naturel n'eft pas celui de Janfenius, ou qu'elles ne fe trouvent pas mot à mot dans fon livre; d'où il refulte qu'il y peut avoir deux queftions de fait fur le livre de cet Auteur tout-à-fait diftinctes l'une de l'autre & independantes de l'hereticité des propofitions.

Il ne faut avoir que des yeux pour voir fi une propofition

est mot à mot dans un livre, mais il n'en est pas de même quand on la compose de termes épars çà & là dans un gros volume, qui traitte des matieres obscures & sublimes ; on a bien plus d'occasion de douter alors si ces termes ramassez & arrangez au gré de ceux qui composent la proposition, expriment fidellement le sens de l'Auteur, ce sens pouvant être facilement changé par ce qui precede, ou par ce qui suit.

Aussi les XXIII. Evêques instruits des contestations des partis sur ce fait, ne les regarderent ni comme des cabales de mauvaise foy, étant aisé à un chacun de s'y tromper, ni comme un entêtement monstrueux dans l'Eglise, y ayant eu peu d'heresies opiniâtrées où il ne soit entré dans la suitte quelque contestation sur le fait, ni enfin comme propres à faire élever des erreurs & des heresiarques ; la raison en est évidente, parce que ceux qui veulent excuser un Auteur d'être tombé dans une erreur, n'ont garde d'y être eux-mêmes, ou d'en mettre en avant des nouvelles dependantes de celles qu'ils desavoüent pour l'Auteur, on ne pourroit tout au plus les accuser que d'être dans une désobeïssance opiniâtre.

Nous étions bien éloignez de nous partager sur plusieurs questions agitées depuis peu, par exemple sur celle du Texte long & du Texte court, comme s'il n'y avoit point autant de difficulté sur le dernier que sur le premier, Nous ne trouvions point de trace de ces questions dans l'Histoire de l'Eglise, il nous suffisoit que l'erreur se pût cacher également dans l'un & dans l'autre Texte. Quoi de plus court par exemple & de plus simple que celui-cy. *Verbum caro factum est*, le Verbe s'est fait chair ? Cependant les Nestoriens & les Eutycheéns y fondent leurs erreurs contre les Catholiques ; S. Augustin nous dit : si vous entendez par ce terme *fait* le Verbe

converti

converti ou changé en chair, ou que l'ame raisonnable soit convertie en la personne du Verbe, cette proposition est erronnée & contraire à son sens propre & naturel. Les Arriens de même se sont opiniâtrez dans leurs erreurs sur ce Texte bien court *Pater major me est*, le Pere est plus grand que moy, parce qu'ils ont abusé de ce qui precede & de ce qui suit, sans faire attention que tout seroit à determiner le sens naturel & orthodoxe de cette proposition & à exclurre le sens forcé qui est l'Arrien.

Facundus examinant les longs écrits de la fameuse question du fait & du droit des trois Chapitres, c'est à dire des écrits des trois Evêques aprouvez & desaprouvez par des Conciles Généraux & par des Papes, montre que l'on disputoit fort legerement sur la Catholicité ou l'Hereticité de ces deux expressions. *Un de la Trinité crucifié*, & *une personne de la Trinité crucifiée*, les uns trouvoient que la premiere étoit favorable aux Euticheéns, & les autres que la seconde l'étoit aux Nestoriens, en ce qu'on prétendoit que celle-cy supposât une quatriéme personne en la Trinité.

Cet Evêque fait voir le peu de raison qu'il y a dans cette dispute ne s'agissant point du fonds de la Doctrine, l'une & l'autre expression étant Catholiques, & la difficulté fondée seulement sur un jeu de paroles & sur les preventions des partis, en effet les Papes laisserent ensuitte la liberté de se servir de ces deux expressions, ainsi qu'on le trouveroit à propos, n'y aïant point de venin, disent-ils, ni dans l'une ni dans l'autre.

Que si on peut tirer de ces exemples & de plusieurs autres dont je dirai un mot dans la suitte, qu'il est fort aisé de former des doutes & même de se tromper sur le sens, ou naturel

D

ou forcé des Textes courts; combien l'eſt-il davantage de ſe
tromper ſur un Texte auſſi long que le volume de Janſeniu
qui eſt ſi gros?

Voila la premiere reflexion qui engagea les XXIII. Evêque
à embraſſer le temperament du ſilence reſpectueux. Cependant le ſort de Facundus blamé d'en avoir cherché un entr
les partis oppoſez, ſur la fameuſe queſtion des trois Chapitre
doit me diſpoſer à en attendre un ſemblable dans celle don
il s'agit, les eſprits étant encore échauffez de part & d'autre

II.

Le ſecond motif qui nous fit adopter le ſilence reſpectüeux
je dis, fit adopter, parce qu'encore que quelques particulier
puſſent s'être ſervis de cette expreſſion avant l'aſſemblée d
1660. je ne ſache point qu'aucun Evêque l'ait emploïé avan
ce tems là. Ce motif, dis-je, regarde le fond de la matiere
Le titre du livre de Janſenius intitulé *Auguſtinus* fait aſſe
voir le deſſein qu'avoit cet Auteur de traiter la matiere de l
grace ſelon les ſeuls principes de S. Auguſtin. * Il s'en expli
que pluſieurs fois dans tous ſes livres, & reconnoit en mên
tems que ce Pere avoit trouvé de trés grandes difficultez dan
l'explication de ce myſtere ; ayant, dit-il, marché toujour
comme entre quatre vents contraires en voulant concilier l
ſcience & la volonté de Dieu, l'efficacité de la grace & l
libre arbitre de l'Homme. En un mot Janſenius lui-même
été ſi frappé de ces difficultez, qu'il a craint à tout momen
d'avoir donné dans l'illuſion en voulant expliquer une Doctrine * ſi cachée & des points ſi obſcurs, exprimez neanmoïn

---

* Janſenius *lib. 9. de gratia chriſti c. 6.*

† Ut pote qui in arcana obſtruſiſque Doctrinæ Catholicæ capitulis diſcernendis tant
verborum varietate expreſſis facile allucinati & falli ſolent. Epilogus.

avec une varieté de termes, qui paroissent avoir tant de raport les uns avec les autres. C'est à la fin de son ouvrage
qu'il s'exprime de la sorte.

Ce Prelat n'a été ni le premier ni le seul à connoître la difficulté de bien prendre le sens de saint Augustin sur le mystere de la grace, puisque saint Prosper, saint Fulgence & Si-
gisbert Disciples de ce Pere avoient trouvé qu'on prenoit
souvent ses objections pour sa Doctrine.

Si ces illustres Disciples de saint Augustin ont trouvé cette
Doctrine si difficile à entendre, Jansenius même aiant lû plus
plus de trente fois les ouvrages de ce Pere sur le mystere de
la grace, & travaillé vingt ans durant à composer * son
ouvrage, avoüe aprés l'avoir achevé, qu'il ne sçauroit avancer sans temerité qu'il en ait penetré le sens & la doctrine,
Enfin s'il est souvent obligé de renvoier le denouëment de
plusieurs difficultez qu'il traite, au même saint Augustin,
qui osera blamer la prudence des XIII. Evêques d'avoir évi-
té de s'engager dans une si longue & si penible discution, &
d'avoir adopté le silence respectüeux comme tres propre à
réünir les esprits sur le point de la soumission qu'on doit aux
decisions de l'Eglise touchant les faits non revelez ?

I I I.

Nôtre troisiéme motif regarde la memoire de Jansenius à
laquelle la charité Episcopale nous rendit sensibles. Les Auteurs & les Predicateurs de ce tems là le representoient, pour
ne pas dire le déchiroient, comme un heresiarque presomp-
tüeux, ennemi du Saint Siege, & plein d'intentions plus
dangereuses & plus domageables à l'Eglise, que celles de Lu-

* Non posse profondissimi Doctoris hujus Doctrinam sensusque penetrari fidenter sine
temeritate dixero. ibid.

D ij

ther & de Calvin., & cela pour rendre odieux ceux à qui on donnoit le nom de Janseniste. C'étoit fans doute une temerité & une injustice criante d'entrer dans le fond du cœur de ce Prelat pour y trouver des desseins finistres & de favoriser les Heretiques, & de se faire chef d'une nouvelle Secte, ainsi qu'on le publioit. Autoriser de tels écrits, soit en parlant comme ceux qui en étoient les Auteurs, soit en ne nous expliquant pas d'une maniere differente, c'eût été agir contre les regles de la Religion & de l'honnêteté, contre nos propres lumieres, & contre ce que demandoient les termes exprés des protestations solemnelles de ce Prelat, de ne vouloir rien avancer du sien, son dessein n'étant, comme il le dit lui-même en toute rencontre, que d'expliquer la Doctrine de saint Augustin, autant que sa foiblesse le lui pourroit permettre ; on le voit en effet *a* dans ses écrits s'humilier sous le poids des Mysteres, dont il cherchoit l'éclaircissement, par la priere & par une longue étude, & faire une profession publique de se defier de ses propres lumieres, *b* sans oser s'asseurer de ne s'être point écarté de la verité par défaut de pieté, comme il s'en explique lui-même.

Au reste, ce Prelat nous parut si peu attaché à ses propres sentimens, si *c* soumis à l'autorité du Saint Siege, & si prêt à reconnoître qu'il étoit sujet à se tromper comme les autres hommes, qu'il condamne, anathematise & revoque par avance sans exception tout ce que le Siege Apostolique jugera de-

---

a Nec precibus ad Deum fusis peperci, nec laboribus multorum annorum pertinacibus.
b Ne forte vel defectu pietatis abj ostio inveniendæ veritatis repellerer.
c Homo sum humanorum periculis obnoxius, &c.
d Quod sicubi allucinatus fuerim, hoc scio me non in catholica veritate sed Augustini sententia asserenda cecidisse, ex apostolica sedis Ecclesiæque Romanæ matris meæ judicio sententiaque suspendo, ut illud jam nunc teneam, si tenendum revocem, si revocandum damnem, & anathematisem si damnandum & anathematisandum esse judicaverit.

VOIR

voir être *d* cenſuré, condamné & anathematiſé; voulant, dit-il, en finiſſant ſon ouvrage & dans ſon Teſtament vivre & mourir ſoumis au jugement de l'Egliſe comme un enfant l'eſt à ſa mere.

Nous fûmes donc ſi touchez de voir dans le livre de cet Evêque des ſentimens ſi oppoſez à l'eſprit preſomptüeux d'un Hereſiarque qu'on lui attribuöit, qu'il nous parut être de la charité Epiſcopale, de nous éloigner de toutes les expreſſions qui pouvoient autoriſer de telles calomnies contre nôtre Confrere zelé au dernier point pour la Doctrine de S. Auguſtin. Voici ce qui lui donna occaſion de compoſer ſon ouvrage.

D'une part il voioit ſon Dioceſe plein de Docteurs Moliniſtes & environnéſ de Sociniens; pires que les Palagiens ſur le myſtere de la Grace; Il n'ignoroit pas de l'autre que les Calviniſtes accuſoient l'Egliſe d'être tombée dans le Pelagianiſme, & de croire que l'homme eſt le ſeul arbitre de ſon ſalut, au préjudice des Decrets de Dieu & de la Grace du Sauveur. Sur ce faux fondement, les derniers traittoient l'Egliſe de Babilone Pelagienne; & s'efforçoient de la rendre odieuſe à tous les Proteſtans: Les Sociniens au contraire la decrioient comme Manicheenne, ſuppoſant fauſſement qu'elle ne reconnoiſſoit point de libre arbitre, & que ſous prétexre de la Grace efficace, elle ſoumettoit l'homme à une eſpece de deſtin.

Ces calomnies determinerent Janſenius à chercher un milieu entre ces deux extremitez, & prevenu d'ailleurs comme il le dit lui-même, par l'autorité de pluſieurs Papes en faveur de la Doctrine de ſaint Auguſtin, il crut n'en pouvoir

d Cùm lacte matris meæ imbutus fui, & crevi & adolevi & ſenui ita porro adextremum uſque ſpiritum vivere & Deo adjuvante mori, divinoque judicio ſiſti mihi conſtitutum eſt.

E

pas trouver de meilleure pour l'oppoſer à toutes ces erreurs ;
Il mettoit dans ce nombre ce qu'on apelle aujourd'huy le
Moliniſme , le regardant comme une eſpece de Demipelagia-
niſme , & craignant que cette Doctrine ne ſe rendît la do-
minante parmi les Docteurs Scholaſtiques ; & qu'elle ne fiſt
enfin oublier celle de ſaint Auguſtin.

Dans ces vûës il travailla à ſon * ouvrage juſqu'à
ſa mort ; mais n'ayant pû y mettre la derniere main, au
moins en le reliſant , il le laiſſa ſi embrouillé qu'il crut ne
pouvoir le leguer par ſon Teſtament qu'à ſon Aumônier,
comme étant ſeul capable de le dechiffrer , parce qu'il l'avoit
écrit, cela donna même lieu à quelques - uns de penſer qu'il
n'étoit pas impoſſible, qu'on n'eût obmis dans l'impreſſion de
ce livre pluſieurs choſes qui auroient pû éclaircir les difficultez qu'on y trouve, nous crûmes donc qu'il nous convenoit
de prendre le parti, qui fletriſſoit le moins la memoire de ce
Prelat.

I V.

Nous fimes beaucoup d'attention ſur les précautions priſes
par l'Egliſe dans tous les Siecles, pour donner lieu à toute ſorte
d'Auteurs de s'expliquer & de ſe juſtifier, ſoit en leur faiſant
connoître leurs erreurs par des diſputes reglées, ainſi que le
Concile de Nicée en uſa envers Arius, ſoit par des exhorta-
tions, des menaces, des citations comme nous le voions dans
les Conciles Oecumeniques de Calcedoine & d'Epheſe & en
pluſieurs autres.

La charité Epiſcopale va même ſi loin, qu'il ſemble qu'elle
ſeroit en quelque ſorte bien aiſe de s'être trompée elle-même

* Partim quia ea magno labore ſcripſit , vel dictavit, partim quia ſine orig.nali copia
corrigi non poteſt.

‡ Copia Teſtamenti dictati vix media hora ante mortem , pagina 3.

aprés ſes jugemens, afin de faciliter le retour de ceux qui ſe
ſont les plus écartez. Le ſçavant Pape Adrien VI. laiſſe un
bel exemple de cette eſpece de charité.

Quoyque Luther eut été condamné par Leon X. comme
aiant prêché & écrit groſſierement contre le S. Siege & contre la foy catholique, ce Pontife ne laiſſe pas de dire qu'on
ne doit pas refuſer de recevoir ſa juſtification, même ſur ce
qu'il avoüera ou deſavoüera d'avoir enſeigné de vive voix ou
par écrit, ce que le Pape appelle le fait, pourveu qu'il promet-
te à l'avenir d'être ſoumis à l'autorité de l'Egliſe.

L'Hiſtoire de ce qui s'eſt paſſé dans l'Egliſe à l'occaſion des
Ecrivains défunts, Papes, Evêques, ou autres, nous apprend
que la charité Paſtorale ne s'étend pas moins ſur les morts que
ſur les vivans, lors même qu'il leur a échapé des expreſſions
douteuſes; l'Egliſe ſuit en cela le droit naturel & les mouvemens de la charité, de pancher favorablement pour les intentions des morts, en recevant avec facilité ce qui va à leur juſtification. J'ai fait une longue preuve de ces maximes à l'occaſion du Rituel de feu M. l'Evêque d'Alet, elles ne furent pas
déſaprouvées par le Pape Innocent XI. bien perſuadé de la
pureté de la Foy, & des intentions de ce ſaint Prelat, qui lui
en avoit donné des aſſeurances en mourant. Je puis parler de
la ſincerité de ſes ſentimens, m'étant trouvé preſent lors qu'il
écrivit ſa derniere lettre à ce Saint Pontife.

V.

Les XXIII. Evêques avoient une extrême douleur de voir
un nombre conſiderable des plus grands genies du ſiecle,
s'occuper à attaquer ou à défendre le livre de Janſenius, au
lieu d'emploier leurs talens en faveur d'un milion de Calviniſtes, d'un nombre conſiderable de Sociniens cachez, & de

plufieurs ennemis declarez de la morale relachée. Il étoit
donc important de finir cette querelle, en impofant filence
fur ce qui faifoit le fujet de la difpute.

Nous nous reprefentions un grand nombre de Volumes
compofez par des Docteurs qui s'éforcent de faire valoir leurs
Doctrines vraies ou fauffes, par l'autorité des livres Sacrez,
& par celle des Saints Peres, fans que l'Eglife fe donne la
peine d'examiner & encore moins de decider leurs differends.
Pourquoi donc ne nous auroit-il pas été permis d'entrer dans
les mêmes vûës fur le livre de Janfenius ? En effet fi l'Eglife
s'affembloit & faifoit des Canons fur toutes ces fortes de queftions, il faudroit ajoûter à la collection des Conciles autant
de Volumes qu'il y en a déja. Cette fage Mere laiffe à la Difpute des Docteurs tout ce qui ne met pas fa foy, fa morale &
fa difcipline en quelque danger.

On aura bien plus de peine dans la fuitte des fiecles à fe
perfuader que l'Eglife de France fe foit amufée, fi j'ofe parler
ainfi, à difputer durant prés d'un fiecle, fi Janfenius a bien
ou mal expliqué faint Auguftin fur les matieres de la Grace,
& fi on trouve dans un gros volume cinq Propofitions mot à
mot, ou en termes équivalens, qu'à croire qu'il y eut alors
XXIII. Evêques, qui ne crûrent pas devoir employer leur tems
à faire cette difcuffion, ni être plus jaloux de la reputation
du livre de Janfenius, que lui-même. On peut croire fans
lui faire tort, qu'il avoit preveu que cet ouvrage pourroit bien
lui attirer des ennemis, étant vifible qu'il a voulu leur fer-
mer la bouche en le foumettant plufieurs fois au Saint
Siege, & * même à fes amis particuliers, qu'il prioit d'aider
fon Aumônier pour l'impreffion. Il declare pourtant qu'il ne

* Sentio enim aliquid difficulter mutari poffe Teftam.

pas qu'on y puisse changer facilement quelque chose. Toutes ces difficultez n'étoient-elles pas suffisantes pour nous porter à embrasser le silence respectüeux , & à regarder l'animosité des Parties comme une querelle particuliere à laquelle l'Eglise n'avoit d'autre interêt que de l'assoupir, en gardant les mesures dûës au Saint Siege ?

VI.

Ce dernier motif étoit bien d'une autre consequence que les precedens. Il s'agissoit de l'infaillibilité de l'Eglise sur les faits pour le passé, pour le present & pour l'avenir. Les XXIII. Evêques avoient leurs Dioceses pleins ou environnez de Calvinistes, & par là ils étoient interessez à veiller d'une maniere particuliere à ne pas donner le moindre pretexte de decrier cette infaillibilité : Elle étoit si insuportable aux Protestans, qu'ils ne cessoient de calomnier les Papes & les Evêques, comme s'ils ne cherchoient qu'à dominer tyranniquement sur les fidelles en les portant à mépriser l'Ecriture Sainte afin de les soumettre à des Doctrines étrangeres ; ce que l'inseparabilité du fait & du droit inventée par M. de Marca étoit tres propre à leur persuader de plus en plus, quoique traitée alors plus simplement qu'à present.

On n'avoit pas encore trouvé ces divisions methodiques des faits doctrinaux en importans & non importans, solemnels & non solemnels, generaux & particuliers, notoires & obscurs, personnels & cachez dans l'esprit des Auteurs, ou manifestes par leurs écrits, ni plusieurs autres.

Les XXIII. Evêques se contentant de suivre les idées de leurs predecesseurs & de leurs anciens maîtres, ne vouloient être ni plus savans ni plus sages qu'eux, ils ne connoissoient pour regle de la Foy Divine que la parole de Dieu écrite dans

F

les livres facrez , & la non écrite contenuë dans la Tradition.

Nous ne laiffions pas de reverer l'efprit de Dieu conduc-
teur de fon Epoufe , & nous avions pour elle la foumiffion
de refpect dûë à fon autorité , fans lui attribuer neanmoins
l'infaillibilité dans les points de fon gouvernement ou de fa
difcipline , ni dans les decifions des faits que nous mettions
dans le même rang ; en un mot nous ne reconnoiffions rien
d'égal à l'Ecriture interpretée par les Pafteurs , non pas même
ce qui pourroit être infpiré à un particulier , declaré par l'E-
criture Sainte plein du Saint Efprit. C'eft la penfée du celebre Melchior Canus qui s'en explique de la forte , en donnant pour exemple faint Eftienne ; duquel il dit que le fentiment ne pourroit être mis en aucune égalité avec les decifions des Pafteurs de l'Eglife , l'infaillibilité n'étant promife
qu'à l'Epoufe de JESUS-CHRIST & non à aucun particulier. Si ce fentiment ne fert à rien plus, il prouve au moins
que par le filence refpectüeux nous évitions les difficultez
odieufes fur l'infaillibilité de l'Eglife , des Conciles OEcumeniques & des fouverains Pontifes, touchant les faits. Nous
étouffions, pour ainfi dire , les difputes qui ont fait tant
de bruit dans les fiecles precedens fur toute forte de matiere, & principalement à l'occafion de ceux qui défendoient
un livre & un Auteur Heretique. On les foupçonnoit d'herefie , quoi qu'ils fuffent veritablement Catholiques , parce
qu'autrement il faudroit dire que des Conciles Generaux , des
Papes, des Peres de l'Eglife , des fçavans Cardinaux , d'habiles Controverfiftes de nôtre tems, s'étant contredits fur l'hereticité ou la Catholicité de la Doctrine de certains livres, &
fur les fentimens des Auteurs , les uns & les autres feroient
neceffairement heretiques.

Les

qui a laiſſé pluſieurs obſcuritez dans les ſaintes Ecritures, &
à tous les Auteurs, qui ont écrit ſur toutes ſortes de ſciences.

D'ailleurs l'on ne fait pas attention non plus à l'impoſſibi-
lité où l'on mettroit tous les Auteurs d'écrire ſur aucune matiere que ce puiſſe être ; ſi l'on vouloit les obliger d'expliquer
les ſens differens des termes dont ils ſe ſervent toutes les fois
qu'on peut les expliquer diverſément. Car outre que leurs
ouvrages ſeroient immenſes & ridicules, ils s'y rendroient
même intelligibles à force de chercher à ſe faire entendre &
de vouloir prevenir les difficultez ; il eſt impoſſible de ne pas
laiſſer aux Lecteurs à debrouiller les ſens des termes par ce qui
precede ou par ce qui ſuit les propoſitions, principalement ſur
les matieres dogmatiques.

Je ne pretends pas nier par là que Janſenius n'eut pû prevenir & même expliquer pluſieurs expreſſions, qu'on trouve re-
prehenſibles dans ſon livre, peut être l'eût-il fait s'il l'eût pû reli-
re, mais la mort l'aiant prevenu, avant qu'il eût pû ſeulement
le faire mettre au net, on ne peut ſans injuſtice foüiller dans le
fond de ſon cœur pour y trouver des intentions criminelles.

Quoi qu'il en ſoit de ſes intentions, ſi ces reproches étoient
bien fondez, il n'y a point d'Auteur qui ne fût criminel, &
auquel on ne pût imputer tous les ſens étrangers qu'on pourroit tirer des phraſes, dont ſon ouvrage eſt compoſé ; cela eſt
encore plus vrai & d'une conſequence bien plus grande ; lorſ-
que la matiere eſt ſublime, difficile, obſcure par elle-même,
& tellement embarraſſée au jugement de l'Auteur que pour
l'expliquer il faut marcher comme entre quatre vents contraires, ſelon l'expreſſion de Janſenius même.

La troiſiéme maxime n'a pas beſoin de refutation. La Doctrine de M. de Marca qu'on vouloit établir ſous pretexte des

Bulles des Papes Innocent X. & Alexandre VII. fait affez voir qu'il eft quelquefois trés néceffaire d'expliquer les Bulles, pour empêcher qu'on ne leur donne des mauvais fens, contre l'intention des Papes mêmes qui les ont données. Les réponfes aux objections qu'on lira dans la fuite de cet écrit feront voir de plus en plus l'injuftice des confequences que l'on tire contre nous fondées fur ce reproche.

I I.

Le fecond reproche regarde la nouveauté de l'expreffion du filence refpectüeux, laquelle ne fe trouvant ni dans les écritures, ni dans les Peres de l'Eglife, peut être au moins foupçonnée d'être mauvaife en elle-même, ou par raport à l'autorité de l'Eglife, qui paroit bleffée par ce nouveau terme inventé ce femble pour autorifer des équivoques & des reticences contraires à l'efprit de la Religion de JESUS-CHRIST & à la fimplicité des Ecritures Divines, & pour s'unir à des Ecrivains qui ont outré cette matiere, & bleffé le refpect dû aux Supérieurs, en les traittant d'ignorans, d'où vient qu'on peut attribuer fans jugement temeraire aux XXIII. Evêques la Doctrine & les excés de leurs amis.

J'ai déja repréfenté à M. l'Archevêque de Cambray dans la lettre que j'ai eu l'honneur de lui écrire fur cette matiere, que fi les termes de filence & de refpect ou joints ou feparez étoient mauvais en eux-mêmes, on ne pourroit jamais s'en fervir; & je dois dire ici qu'il y a plufieurs conjonctures où l'ufage en eft trés bon & même neceffaire. Eft-il poffible par exemple que des fuperieurs Ecclefiaftiques & autres faffent des loix ou des commandemens injuftes, ou tout à fait inutiles, ou fur des fondemens éloignez de la verité? Oferoit-on affeurer que les inferieurs font mal de fe taire refpectüeufemet

dans

partagée presque en autant de sentimens differens qu'il y avoit d'écrivains ; Nous voions par dessus cela d'un côté M. de Perefixe pour lors Archevêque de Paris , traiter dans son Mandement la Doctrine de son Predecesseur d'ignorance ou de malice, & de l'autre la foy humaine ou ecclesiastique que le même M. de Perefixe proposoit combatuë d'une maniere que plusieurs Prelats trouvoient sans replique.

Voila, MES TRES CHERS FRERES, les raisons qui porterent les XXIII. Evêques à adopter le silence respectüeux, & laisser par là toutes ces questions indecises, afin de calmer les consciences & donner la paix à l'Eglise. Elles sont à mon sens sans replique pour justifier ces Prelats parmi les gens éclairez ; je me crois neanmoins obligé de répondre encore aux reproches, qu'on pourroit leur faire, afin de ne rien laisser qui puisse ternir la memoire de XXII. grands Prelats qui ont honoré l'Eglise de France par leurs vertus & par leur merite. Cet écrit fera peut-être necessaire à la posterité dans leurs Dioceses au cas qu'on continuât de calomnier ces dignes Pasteurs.

I.

Voici le premier reproche. Les considerations personnelles de Jansenius cy-dessus exposées doivent être méprisées, s'il est vrai comme on n'en peut douter qu'il ait donné lieu à la division, qu'on a veu dans l'Eglise de France en obscurcissant la Doctrine de saint Augustin & en faisant naître de nouvelles difficultez, au lieu de l'expliquer nettement, aprés y avoir travaillé plus de vingt ans, pourquoy les XXIII. Evêques ont-ils eu tant d'égard pour lui ? Pourquoy, bien loin de l'excuser, ne l'ont-ils pas traité comme coupable du trouble qu'il a causé en n'expliquant pas lessens differens.

G

de chaque terme dont faint Auguftin s'eft fervi toutes les foi
que lui Janfenius les a mis dans fon livre ? D'ailleurs ce
XXIII. Evêques font inexcufables, de n'avoir pas voulu de
clarer nettement la Doctrine de Janfenius heretique, puif
que les Papes Innocent X. & Alexandre VII. & quatre-vingt
Evêques de France l'avoient déja fait ? Ne devoient-ils pa
au moins declarer de bonne foy, & par refpect pour le Sain
Siege & pour leurs Confreres, que fon livre étoit plein d'obf
curitez & d'équivoques, ce qui étoit un moien de finir tou
tes les conteftations, & par là ils n'auroient pas donné lie
au public de croire qu'ils étoient à la tête des Docteurs qu
foutenoient que les Papes & les Affemblées du Clergé fe trom
poient, & qu'ils n'entendoient ni faint Auguftin ni Janfe
nius.

Ces reproches fuppofent trois maximes tout à fait éloig
nées de la verité & de la charité. La premiere, qu'il n'eft pas
permis d'excufer ni les Auteurs ni leurs intentions, lors qu'il
n'ont pas preveu les difficultez, qui pouvoient naître de leur
écrits & qu'ils ne s'expliquent pas affez nettement, pour em
pêcher qu'on ne tire de leurs expreffions quelque mauvaife
Doctrine contre leurs intentions.

La feconde, qu'un Auteur fe fervant d'un terme fufcepti
ble de plufieurs fens, le doit expliquer toutes les fois qu'il
s'en fert.

La troifiéme, qu'un Evêque ne peut avoir des raifons le
gitimes d'expliquer quelque partie des Bulles, & de fe taire fur
d'autres.

Les Auteurs de ces trois maximes ne prennent pas garde
qu'ils font le procés par les deux premieres, à prefque tous
les Peres de l'Eglife, au Saint Efprit même, fi on l'ofe dire,

qui a laissé plusieurs obscuritez dans les saintes Ecritures, &
à tous les Auteurs, qui ont écrit sur toutes sortes de sciences.

D'ailleurs l'on ne fait pas attention non plus à l'impossibilité où l'on mettroit tous les Auteurs d'écrire sur aucune matiere que ce puisse être ; si l'on vouloit les obliger d'expliquer
les sens differens des termes dont ils se servent toutes les fois
qu'on peut les expliquer diversément. Car outre que leurs
ouvrages seroient immenses & ridicules, ils s'y rendroient
même intelligibles à force de chercher à se faire entendre &
de vouloir prevenir les difficultez ; il est impossible de ne pas
laisser aux Lecteurs à debrouiller les sens des termes par ce qui
precede ou par ce qui suit les propositions, principalement sur
les matieres dogmatiques.

Je ne pretends pas nier par là que Jansenius n'eut pû prevenir & même expliquer plusieurs expressions, qu'on trouve re-
prehensibles dans son livre, peut être l'eût-il fait s'il l'eût pû reli-
re, mais la mort l'aiant prevenu, avant qu'il eût pû seulement
le faire mettre au net, on ne peut sans injustice foüiller dans le
fond de son cœur pour y trouver des intentions criminelles.

Quoi qu'il en soit de ses intentions, si ces reproches étoient
bien fondez, il n'y a point d'Auteur qui ne fût criminel, &
auquel on ne pût imputer tous les sens étrangers qu'on pourroit tirer des phrases, dont son ouvrage est composé ; cela est
encore plus vrai & d'une consequence bien plus grande ; lorsque la matiere est sublime, difficile, obscure par elle-même,
& tellement embarrassée au jugement de l'Auteur que pour
l'expliquer il faut marcher comme entre quatre vents contraires, selon l'expression de Jansenius même.

La troisiéme maxime n'a pas besoin de refutation. La Doctrine de M. de Marca qu'on vouloit établir sous pretexte des

Bulles des Papes Innocent X. & Alexandre VII. fait aſſez
voir qu'il eſt quelquefois trés néceſſaire d'expliquer les Bulles
pour empêcher qu'on ne leur donne des mauvais ſens, còntre
l'intention des Papes mêmes qui les ont données. Lés répon-
ſes aux objeċtions qu'on lira dans la ſuite de cet écrit feront
voir de plus en plus l'injuſtice des conſequences que l'on tire
contre nous fondées ſur ce reproche.

I I.

Le ſecond reproche regarde la nouveauté de l'expreſſion du
ſilence reſpeċtüeux, laquelle ne ſe trouvant ni dans les écritures, ni dans les Peres de l'Egliſe, peut être au moins ſoup-
çonnée d'être mauvaiſe en elle-même, ou pâr raport à l'autorité de l'Egliſe, qui paroit bleſſée par ce nouveau terme inventé
ce ſemble pour autoriſer des équivoques & des reticences contraires à l'eſprit de la Religion de Jesus-Christ, & à la
ſimplicité des Ecritures Divines, & pour s'unir à des Ecrivains
qui ont outré cette matiere, & bleſſé le reſpeċt dû aux Superieurs, en les traittant d'ignorans, d'où vient qu'on peut attribuer ſans jugement temeraire aux XXIII. Evêques la Doctrine & les excés de leurs amis.

J'ai déja repréſenté à M. l'Archevêque de Cambray dans la
lettre que j'ai eu l'honneur de lui écrire ſur cette matiere,
que ſi les termes de ſilence & de reſpeċt ou joints ou ſeparez
étoient mauvais en eux-mêmes, on ne pourroit jamais s'en
ſervir; & je dois dire ici qu'il y a pluſieurs conjonċtures où l'u-
ſage en eſt trés bon & même neceſſaire. Eſt-il poſſible par
exemple que des ſuperieurs Eccleſiaſtiques & autres faſſent des
loix ou des commandemens injuſtes, ou tout à fait inutiles,
ou ſur des fondemens éloignez de la verité? Oſeroit-on
aſſeurer que les inferieurs font mal de ſe taire reſpeċtüeuſemet
dans

dans ces cas, & même de ne pas examiner ce que le Superieur avance ; J'entends lors qu'il n'y a rien de nuifible à la Religion, à la confcience & à la probité, comme feroit d'autorifer l'erreur, le menfonge, l'injuftice, &c.

N'eft-ce pas au contraire une chofe édifiante & loüable à un inferieur, de ne contredire ni de vive voix, ni par écrit fon Superieur, & de garder le filence par refpect pour lui ? Un enfant qui fe tait par un principe de refpect pour fon pere, lors qu'il avance une chofe qu'il fçait n'être pas veritable ; des fujets qui garderoient le filence, fi leurs Souverains faifoient des loix qu'ils ne croiroient ni bonnes ni juftes, feroient-ils coupables ? Le filence refpectüeux n'eft donc pas mauvais, & il a y des conjonctures où l'ufage en eft tres loüable.

Mais il reftraint, dira-t-on, l'autorité de l'Eglife, & on fe rend par là le juge de fes Decrets, en ne s'y foumettant pas purement, fimplement, fans reftriction, fans explication, en un mot, donnant une croiance interieure à toutes fes decifions. Oui fi ce filence exclüoit effentiellement toute foumiffion & toute croiance, mais il ne fait ni l'un ni l'autre ; il enferme au contraire vifiblement une foumiffion, le refpect & le filence en étant une tres confiderable dans toutes les occafions que je viens de marquer ; & à l'égard de la croiance, s'il ne l'enferme pas diftinctement, au moins il ne l'exclud pas. Après tout s'agiffant, lorfque les XXIII. Evêques écrivirent, s'il faloit avoir une foy Divine pour la decifion des faits non relevez, & l'Eglife ne s'étant jamais attribuée cette forte d'infaillibilité, elle n'avoit garde de l'offenfer, comme elle ne le fit pas en effet, que par condefcendance pour calmer les confciences fcrupuleufes, pour reünir les efprits & par amour pour la paix, on fe fervit d'un terme, qui n'excluant point

H

les differentes fortes de croiance dont il s'agiffoit, non feulement entre les Docteurs, mais même entre les Archevêques
de Paris, n'en exprimoit neanmoins diftinctement aucune.

D'ailleurs le caractere des XXIII. Evêques reünis, la pieté
& la fcience des XXII. & le fentiment uniforme de prefque
tous les autres Prelats du Royaume, ne meritent-ils pas une
attention plus grande qu'on ne penfe aujourdhuy ? Toute l'E-
glife de France fans exception étoit tres perfuadée que les
Evêques étoient les Juges legitimes des differends furvenus fur
la nature de la foumiffion dûë aux decifions des faits non revelez, puis qu'il n'y avoit aucune definition de l'Eglife fur cette queftion, d'où il s'enfuit que chacun pouvoit prendre pour
lors ouvertement le parti qu'il jugeoit à propos ; la Foy n'é-
tant nullement intereffée dans cette difpute de difcipline.

Enfin toute l'Eglife de France étant uniforme fur ce qui
regarde la foy, & acceptant au moins tacitement, le filence
refpectüeux fur le fait, pouvoit-elle être reprife que par un jugement canonique, les parties intereffées ouïes, pour y dedui-
re les interêts de la Religion ; ceux de leurs Eglifes & même
les leurs en particulier s'ils en avoient? Rien de ce que j'avance ici ne bleffe l'autorité Superieure, tout y eft au contraire
felon les regles de la difcipline de l'Eglife, & a laiffé une liberté entiere à N. S. P. le Pape de faire fa Bulle contre le
mauvais ufage, qu'on lui a raporté, qu'on faifoit de cette expreffion, pour fe joüer de la cenfure des erreurs contenües dans
les cinq Propofitions.

On y fonde encore ce reproche fur ce qu'on ne trouve point
dans les écritures les termes de filence refpectüeux, ni rien
qui puiffe autorifer la reticence contenuë dans cette expreffi-
fion ; reticence qui paroit contraire à l'obligation indifpenfa-

ble qu'ont les Evêques de donner à leurs troupeaux, même au
dépens de leur vie & de leur repos, une bonne pâture en
leur parlant d'une maniere vraie, éloignée de tout artifice &
de toute ambiguité, qui favorise le mensonge, le relache-
ment, &c.

Aprés tout, dit-on, le cas signé par quarante Docteurs sur
la foy du silence respectüeux, autorisé par les XXIII. Evêques,
fait assez voir que cette expression a quelque chose de mauvais,
en ce que ne decidant rien, elle laisse la liberté à un chacun d'interpreter ces termes comme bon lui semble, & d'en-
tretenir par-là dans l'Eglise la division qu'on faisoit semblant
de vouloir étouffer.

Cette difficulté suppose qu'on ne peut parler chrêtienne-
ment & sans blesser la pureté de la morale, qu'en se servant
des termes, qui dans les demandes & les réponses que l'on
fait, ne laissent rien d'indecis, rien d'obscur, rien qui ne
soit propre à ôter tout doute; & qu'agir autrement c'est favoriser la morale rélachée, les restrictions mentales, les équivoques & le mensonge; enfin donner lieu à des divisions sans
fin contraires à la simplicité, qui nous est si fort recommandée
dans les Ecritures saintes.

Ces principes ont quelque chose de vrai & beaucoup de
faux; il est certain que les interrogations, les réponses, en
un mot toutes les paroles qu'on dit, ne doivent jamais cho-
quer la verité; & il faut qu'elles soient mesurées de telle sorte,
que si on les prend à contre-sens, ce ne soit que par malice;
parce que s'il est permis de cacher la verité, il ne l'est jamais
de la blesser; mais il est faux que la circonspection chrêtienne
défende de moderer ses paroles, elle l'ordonne au contraire
pour ne pas irriter les passions d'autruy : sans mettre la timi-

dité à la place de la generosité chrêtienne ; elle ne veut pas
que par une liberté indiscreté, qui ne sçait rien garder, on se
fasse des affaires mal à propos, elle sçait allier la simplicité de
la Colombe avec la prudence du serpent. Enfin si la malice
& l'artifice du Demon nous tend des pieges pour nous obliger de parler au delà de nos devoirs, la sagesse de JESUS-CHRIST
nous enseigne à nous taire & à ne parler qu'autant & comme
il faut : souvent elle oblige à parler généreusement & à soûtenir la verité avec un courage intrepide ; en d'autres occasions elle sçait choisir des termes moins expressifs, & par là
plus propres à concilier des devoirs qui semblent opposez ;
mais toûjours sans permettre de s'écarter de la verité.

Un grand nombre de réponses de JESUS-CHRIST aux Phari-
siens, & même à ses Juges au tems de sa Passion, font la
preuve de ce que j'avance. Les premiers pleins d'artifice &
de malice l'interrogerent, s'il étoit permis de payer le tribut
à Cesar.

Il s'agissoit de le rendre odieux, ou à l'Empereur, s'il autorisoit la revolte de cette nation, qui prétendoit ne pouvoir
être asservie à aucun tribut, ou aux Juifs, s'il autorisoit le
tribut. JESUS-CHRIST évite l'un & l'autre en ne répondant
point précisément à l'interrogation, & au sens de ceux qui
le questionnoient ; * mais en prenant un milieu plein d'une
sagesse divine, qui sans décider peut-être le fond de la question, le tiroit du piege qu'on lui tendoit, & par là il nous
apprend ce que nous pouvons faire lorsque l'intereft de l'E-
glise nous y oblige.

Les paraboles de ce divin Maître expliquées aux Apôtres,
ses conversations avec ses Disciples dépuis sa Resurection

---

* Reddite quæ sunt Cæsaris Cæsari, & quæ sunt Dei Deo.

jusqu'à

jufqu'à ce qu'il monta dans le Ciel , autorifent merveilleu-
fement bien les differentes manieres de parler & de répondre
& la feureté d'ufer de reticence fans bleffer la verité , *finxit*
fe longiùs ire.

L'Ancien Teftament n'eft pas moins rempli de ces fortes
de réponfes , que les Prophetes faifoient par les ordres particuliers de Dieu , & elles font fuffifantes pour fatisfaire au refte
des difficultez propofées dans la feconde objection.

III.

La troifiéme difficulté contre les XXIII. Evêques eft que
l'Eglife aïant eu plufieurs occafions femblables , ou plus pref-
fantes, que celles de Janfenius, pour fe fervir du filence refpectüeux , elle ne l'a jamais mis en avant.

Mais ceux qui fur ce fondement blâment cette expreffion
comme une nouveauté , ne s'aperçoivent pas qu'ils parlent
fans y penfer contre le Concile de Trente. Cette fainte affemblée pour éviter les queftions de fait dans toutes fes decifions,
s'eft fervie de ce terme ; *Si quis dixerit*, c'eft à dire , fi quelqu'un contredit ; ce qui eft une expreffion équivalente au filence refpectüeux ; de forte que le Concile l'aïant mife à la
tête de tous fes Canons, nous le pourrions prendre comme
un garand de nôtre conduite. Que fi cette Affemblée n'a pas
même voulu nommer Luther, ni Calvin, ni Zuingle, ni les
écrits de ces Herefiarques où la Doctrine qu'elle condamne
eft contenuë , s'étant contentée d'anathematifer ceux qui
contredifent la Doctrine Catholique , en mettant à la tête de
fes decifions, même fur les Dogmes, aufquels la croiance
de foy eft dûë , cette parole, *fi quis dixerit*, fi quelqu'un contredit. De quel droit peut-on prétendre cenfurer un grand
nombre d'Evêques, pour s'être fervis d'une expreffion folem-

I

nellement confacrée par le dernier Concile général, non feulement pour les deciſions des faits, mais encore pour celles
du droit ?

C'eſt ici un argument *à majori ad minus*, comme on parle
dans l'Ecole ; car à Dieu ne plaiſe, que je veuille donner à
entendre, qu'on ne doive pas la foy divine, & plus de fou-
miſſion interieure aux Canons du Concile de Trente, qu'aux
queſtions de fait, qu'il a voulu éviter & à celle de Janſenius.
Je le redis encore, je ne veux que faire voir qu'on ne peut
pas faire un crime aux XXIII. Evêques de s'être ſervis pour
une queſtion de fait d'une expreſſion que la celebre aſſemblée, dont je viens de parler, a miſe à la tête de toutes ſes de-
finitions, même ſur les Dogmes auſquels la foy divine eſt
düe, & cela pour éviter de parler ſur les queſtions de fait.

Ainſi loin que le ſilence reſpectüeux ſoit mauvais en foy
& oppoſé à l'eſprit de l'Egliſe, il eſt loüable, édifiant & au-
toriſé par la Loy naturelle & par l'eſprit de Dieu dans les
Saintes Ecritures & dans les aſſemblées de l'Egliſe, qu'il rend
infaillibles.

Cela montre même, que ce n'eſt pas raiſonner juſte de
croire, que le ſilence reſpectüeux emporte neceſſairement
avec foy toute excluſion de croïance, puiſque le *ſi quis dixerit*
du ſaint Concile de Trente n'a garde d'exclurre la foy divine,
qui eſt inconteſtablement düe à toutes ſes deciſions ſur les
Dogmes.

Que ſi nonobſtant tout ce que je viens d'expoſer pour autoriſer le ſilence reſpectüeux, quelqu'un perſiſtoit à le vouloir rejetter ſous pretexte de ſa nouveauté, parce qu'il ne ſe
trouve ni dans les Ecritures, ni dans les Anciens Peres de
l'Egliſe, je n'aurois qu'à lui répondre que S. Athanaze, S.

Hilaire, S. Auguftin & plufieurs autres Peres de l'Eglife, &
même le Concile general de Nicée, ont fait voir que 80. Evêques catholiques n'avoient pas eu raifon de rejetter le terme de
Confubftantiel, non plus que d'autres, qui avoient condamné celui d'*Hipoftafe*, fous ce même pretexte de nouveauté ; Ces Peres firent des liftes de plufieurs termes nouveaux approuvez par
l'Eglife, comme propres pour mieux expliquer nos myfteres.

I V.

La quatriéme difficulté regarde l'autorité du S. Siege & celle de l'Eglife. Le Pape, dit-on, s'étant expliqué au moins in-
directement en faveur de l'infeparabilité du fait & du droit,
les XXIII. Evêques n'ont pu parler contre, ni clairement, ni obf-
curement, fans manquer au moins au refpect, dont ils vouloient
paroître obfervateurs.

Cette difficulté eft fondée fur deux fuppofitions également
éloignées de la verité : La premiere, qu'avant la Bulle de Clement XI. l'Eglife fe foit expliquée directement ou indirecte-
ment fur la nature de la foûmiffion, qu'elle demande fur les
faits pretendus infeparables du droit, qu'elle a decidez.

Nous avons déja répondu plus d'une fois, que loin qu'il y
ait jamais eu aucune décifion de l'Eglife nette & précife fur ce
point, il n'avoit pas feulement été mis en queftion avant l'affaire dont il s'agit. Cependant combien y avoit-il eu d'occafions plus importantes pour l'Eglife que celle-cy, & fur des
faits moins feparables des Dogmes fondamentaux de nôtre Religion ? Ces faits neanmoins n'ont pas manqué d'être feparez
dans la fuite des tems des queftions de droit, par la feule difpute des Docteurs & fans aucun Decret de l'Eglife. Nous
vous avons déja indiqué plufieurs de ces faits importans.

On ne peut donc pas objecter raifonnablement aux XXIII.

Evêques une refiftance ni couverte ni declarée contre le S. Siége : Ils n'ont combattu que la doctrine de M. de Marca & fon nouvel article de foy fur la pretenduë infeparabilité du fait & du droit, parce qu'il intereffoit la Religion dans un point effentiel & de confequence pour le paffé, pour le prefent & pour l'avenir.

La feconde fuppofition eft qu'on puiffe dépouiller les Evêques du droit d'examiner, d'expliquer & d'autorifer toutes fortes de décifions Ecclefiaftiques, avant de les accepter & d'en ordonner l'execution.

Ceux qui font ainfi prevenus contre l'Epifcopat n'ont qu'à ouvrir plus de vingt Volumes des Conciles, ils y trouveront par tout dequoi fe defabufer. Il y a une difference effentielle fur le point dont il s'agit entre les Evêques d'une part & les Laïques & même les Ecclefiaftiques du fecond Ordre de l'autre : Il eft certain que les premiers font Juges de la doctrine & les autres ne le font pas.

V.

La cinquiéme difficulté regarde les diftinctions faites par les XXIII. Evêques entre les faits & les Dogmes, entre la foûmiffion düe à la parole de Dieu, & celle qui eft düe à celle de l'Eglife ou des hommes, entre la foy Divine qui fuppofe toujours l'infaillibilité de l'Eglife fur les points qu'elle definit, & les autres motifs qu'on peut avoir de croire d'autres décifions qu'elle peut faire fans les fonder fur la parole de Dieu.

Si l'Eglife n'a jamais fait ces diftinctions, Pourquoi, dit-on, les XXIII. Evêques les ont-ils faites ? Pourquoi ont-ils par là excité des queftions fans fin & tout-à-fait inutiles ? Il n'y avoit qu'à recevoir avec la même foy tout ce qui eft dans l'Ecriture & tout ce que l'Eglife definit, foit qu'il regarde le Dogme ou
qu'il

qu'il ne le regarde pas , & tout fût demeuré en paix.

Cette doctrine si elle étoit reçüe , mettroit la derniere confufion dans la Religion ; en ce qu'elle recevroit pour verité divine , invariable & infaillible , ce qui eft obfcur , incertain &
variable , elle donneroit lieu de cenfurer les Peres de l'Eglife
comme heretiques , ôteroit aux Contreverfiftes les réponfes les
plus folides pour deffendre les veritez orthodoxes , autoriferoit
le menfonge , déchargeroit les Evêques de l'obligation où ils
font de veiller qu'il ne s'introduife dans l'Eglife aucune doctrine nouvelle & pernicieufe ; détruiroit enfin la croiance divine
düe à la parole de Dieu , en ne la diftinguant pas de celle qui
eft düe à la parole des hommes , quoique l'Eglife fe foit toujours renduë tres-attentive à empêcher de confondre des chofes , qui meritent fi fort de ne l'être pas.

Les XXIII. Evêques ont confideré , qu'autant que l'Eglife
s'eft toujours montrée fevere & précautionnée , pour ne pas
permettre à fes enfans de s'oppofer à fes décifions fur les Dogmes , ou même de ne les pas recevoir , autant a-t-elle paru être
peu en follicitude fur plufieurs chofes , qui ne touchoient pas le
Dogme , bien qu'elles paruffent infeparablement liées à des faits
raportez dans l'Ecriture , & qui font comme la bafe de nôtre
foy.

La creation du monde eft fans doute un des points fondamentaux de toute nôtre Religion , & en un fens le premier : Elle
eft décrite fi nettement au commencement de la Genefe , &
avec des circonftances fi précifes , qu'il femble qu'on n'en peut
mettre aucune en doute , fans attaquer abfolument le Dogme
& le fait , & refufer la foy qui eft düe à l'un & à l'autre.

Cependant combien de queftions fur ces circonftances
quoi qu'elles paroiffent infeparables. On voit dans la Genefe

K

six jours emploiez par le Createur à tirer toutes choses du neant, & à les arranger dans l'ordre que nous le voions ; & le septié-me y est distingué tres-précisément comme la fin de ses Ou-vrages & comme le jour de son repos. Cela n'a pas empêché les interpretes de se partager : Les uns prennent litteralement les paroles de l'Ecriture comme Dieu aiant emploié effective-ment les six jours entiers à la creation du monde , & le septié-me à se reposer. D'autres voiant d'un côté avec S. Augustin que le Soleil est créé seulement le quatriéme jour , & supposant de l'autre que les jours consistent , selon l'idée & le langage commun des hommes, dans la revolution du levé & du cou-ché de cet Astre , soûtiennent que ni le quatriéme ni le septié-me jour ne peuvent s'entendre litteralement, & ainsi ils expli-quent tres-differemment la maniere dont la creation a été faite, donnant seulement la creance divine au fond de l'Histoire.

La maniere dont Adam & Eve furent créez , celle dont Dieu leur parle , la qualité du fruit deffendu , plusieurs faits genealogiques , & les Auteurs de plusieurs des Livres sacrez de l'Ancien & du Nouveau Testament certainement Canoniques, font autant de sujets de dispute entre les Sçavans, sans qu'on se soit avisé de pretendre , sous pretexte d'aucune inseparabilité ou de fait ou des circonstances qui les accompagnent , qu'on ne puisse pas avoir deux soumissions differentes ; l'une sur le fond de la chose qui est le droit , ou le fait raporté clairement dans l'Ecriture , auquel la foy divine est düe ; & l'autre sur les circonstances qui sont des faits d'une autre nature , ou accom-pagnées de quelque obscurité à cause des sens differens qu'on peut donner aux termes dont les textes sont composez.

L'Histoire du Nouveau Testament fournit encore plusieurs faits sur les circonstances desquels les Interpretes se partagent sans crime. La Naiffance de JESUS-CHRIST, la Vifite qui lui fut faite par les Mages, fa fuite en Égypte, fon Batême, fa Mort, fa Refurrection, font tous articles qu'il faut croire de foy divine ; mais plufieurs circonftances de ces points qui femblent marquées dans les écritures, telles que font le tems, les lieux, les maifons, les perfonnes qui ont donné occafion au Sauveur de faire divers miracles, & de donner fes leçons, font abandonnez fans fcrupule à la difpute des Docteurs, parce que l'Ecriture Sainte, *feule* regle de la foy avec l'interpretation de l'Eglife, ne s'en explique pas affez clairement, ainfi l'on void dans une même propofition la foy divine düe à une partie & non à l'autre.

En effet qu'importe-t-il à la Religion & à la certitude des Dogmes, par exemple, que la creation du monde foit mefurée par le levé ou le couché du Soleil, & que JESUS-CHRIST ait vêcu 33. 34. ou 35. ans ; l'Eglife a laiffé à un chacun la liberté de penfer là-deffus ce qu'il veut. Il en eft de même de plufieurs narrations contenuës dans le Nouveau Teftament ; on difpute tous les jours fi ce font de veritables Hiftoires ou de fimples Paraboles, & pourveu que les veritez qu'elles établiffent foient crües de foy divine, la Religion n'en demande pas davantage.

Si quelque zelé accufoit aujourd'hui S. Auguftin d'être tombé dans l'erreur fur la creation, parce qu'il ne prend pas les fix jours avec la même rigueur litterale que la creation même, & que les obfcuritez & les difficultez qu'il a trouvées, l'ont fait penfer differemment des autres, on blâmeroit fans doute fon zele outré, & on loüeroit l'intelligence de S. Auguftin d'avoir fçû feparer ce qui eft de foy divine de ce qui ne l'eft pas.

De quel droit accufera-t-on les XXIII. Evêques de n'a-

voir point crû de foy divine que les cinq propositions fuffent
heretiques ; parce qu'ils ne croioient pas avec la même foy &
la même foûmiffion que Janfenius les eût enfeignées ? Par
quelle autorité croira-t-on les pouvoir cenfurer, fur ce qu'ils
ont diftingué la foy divine düe aux Dogmes, de la foûmiffion qui eft düe aux décifions des faits ?

V I.

La fixiéme difficulté eft contre le Plan qu'ont fuivi les
XXIII. Evêques en voulant accommoder une affaire de Religion, à peu prés comme l'on en ufe dans celles du monde,
où l'on cherche à contenter les Parties en partageant les chofes conteftées, afin qu'un chacun croie avoir un avantage fuffifant.

Il n'y a que les articles de foy qui foient indivifibles ; tout
le refte eft fujet à des variations & à des condefcendances. La
Communion fous les deux efpeces ôtée, accordée & offerte
felon les diverfes conjonctures ; la difference du pain azime
& du pain levé pour fervir de matiere à l'Euchariftie dans les
deux Eglifes Latine & Grecque ; la matiere du Sacrement de
Mariage differente felon les Loix des Souverains fur les con-
trats ; les differentes manieres de donner le Bâtême par im-
merfion, par afperfion, ou par infufion qui eft celle d'à prefent ; les Penitences & leur durée reglée diverfement avant
de recevoir l'abfolution ; les variations fur les élections & les
confirmations des Evêques ; en un mot fur la plufpart des chofes de difcipline, font une preuve évidente, qu'à proprement
parler il n'y a que les Dogmes fondez fur la parole de Dieu,
qui foient invariables dans la Religion, & que cela fauvé, l'E-
glife approuve ou tolere tous les moiens qui conduifent à l'u-
nité de la foy & à l'union des fidelles.

S. Auguftin

Saint Augustin en nous apprenant dans sa lettre 128. la conduite des Evêques Catholiques d'Afrique avec les Dona-tistes, justifie les XXIII. Evêques occupez à chercher des ex-pediens pour établir la paix. Les premiers ne firent pas diffi-culté de porter leur condescendance jusqu'à s'engager par écrit en présence du Tribun Marcellin, Secretaire de l'Em-pereur, à souscrire tout ce que leurs deputez feroient sans nul-le discussion ni reserve ; esperant, dit ce Pere, que les parties les voiant ainsi portez à la paix, la charité & la pieté pren-droient le dessus dans leurs cœurs, qu'elle en adouciroit la dureté, & en gueriroit les foiblesses. Ces difficultez dont il s'a-gissoit étoient bien plus considerables que la question du fait de Jansenius.

VII.

On pretend, 1°. Que sous pretexte de la Doctrine de saint Augustin sur la Grace éficace, qui porte à se defier de ses pro-pres forces pour avancer dans la voie du Salut, & à mettre toute sa confiance dans le merite du sang de Jesus - Christ, les XXIII. Evêques ont toujours aprouvé la Doctrine erro-née du livre de Jansenius ; persuadez qu'il n'y avoit point de milieu entre la Doctrine de saint Augustin & les erreurs des cinq Propositions. 2°. Qu'ils ont fait un jeu du Formu-laire sans s'embarrasser du mensonge, des parjures, des res-trictions mentales, des équivoques. 3°. Qu'ils n'ont point crû que l'Eglise eût aucun pouvoir sur les consciences, ni qu'elle fût en droit de faire un Formulaire, si ce n'est sur ce qui est clairement contenu dans la parole de Dieu, & que si elle en usoit autrement elle abusoit de son autorité avec ti-rannie & impieté.

Il est vrai que les XXIII. Evêques étoient attachez à la

L

Doctrine de faint Auguftin fur la Grace éficace comme étant propre à humilier l'orgueil humain, & à ne pas laiffer perdre de vüe la mifericorde du Seigneur. Ils fuivirent en cela l'efprit des affemblées du Clergé de France, celle de 1656. en aiant mis une claufe dans les Formulaires qu'elle fit ; mais c'eft une veritable calomnie d'avancer qu'ils ne reconnoiffoient point de milieu entre la Doctrine de faint Auguftin & celle des cinq Propofitions. Perfonne ne peut guere mieux que moy rendre témoignage fur ce point. Je fis convenir feu M. Arnaud, & le Pere Amelotte, qui étoient comme les chefs des partis oppofez, de plufieurs articles fur cette matiere, & entr'autres que la Doctrine de faint Auguftin étoit tout à fait éloignée de celle des erreurs des cinq Propofitions, & que les explications que chacun d'eux donnoit à la Predeftination gratuite & à la Grace éficace étoient Catholiques ; mais M. de Harlay, Archevêque de Paris me défendit de la part du Roy de rendre public le refultat de nos Conferences, ainfi c'eft une pure calomnie d'avancer que les XXIII. Evêques ne reconnoiffoient pas de milieu entre la Doctrine de faint Auguftin & les erreurs des cinq Propofitions.

Quant au pouvoir qu'a l'Eglife de faire des Formulaires, tant fur les queftions de droit que fur celles de fait, & d'obliger à les figner ou purement & fimplement fans diftinguer les differentes fortes de foumiffion dües aux uns & aux autres, cette diftinction s'entendant affez d'elle-même, ainfi que M. de Tournay s'en explique, ou en la faifant expreffément lors qu'on figne comme les quatre Evêques l'avoient d'abord ordonné, les XXIII. étoient perfuadez que l'Eglife s'en étant fervie utilement dans les premiers fiecles, elle devoit fe conferver dans cette poffeffion, parce que ce qui avoit été bon une fois, le pouvoit être à l'avenir en semblables occasions.

Je dis plus, ceux qui d'entre les XXIII. Evêques avoient le plus aprofondi ces matieres étoient si éloignez de faire un jeu du formulaire, &c. qu'ils étoient persuadez que lorsque l'Eglise en fait signer, elle ne le fait que pour de tres bons motifs. Elle pretend tirer de ceux qui entendent la matiere dont il s'agit, un témoignage de l'uniformité de leur foy sur les matieres dogmatiques, & par là une connoissance certaine de la croyance de l'Eglise & de l'union de ces personnes avec elle; & pour ceux qui ne font pas capables d'entendre les matieres contenuës dans les formulaires, & qui ne savent point par eux mêmes la verité des faits qu'on leur fait souscrire, ils donnent par leur signature des marques de leur obéïssance, & qu'ils ne font ni opposez à la croyance de l'Eglise, ni Schismatiques, ni Heretiques, ni fauteurs d'Heresie: Que s'ils lui refusent cette marque d'union, leur desobéïssance lui donne lieu de les soupçonner d'avoir une croyance opposée à la sienne. Ainsi lors qu'elle le juge à propos, & pour de bonnes raisons, elle peut sans tirannie & sans impieté, exiger cette signature de ceux même qui ne font pas capables d'expliquer & de resoudre leurs difficultez : Si l'on lit attentivement la Lettre de M. l'Evêque d'Alet à M. de Perefixe Archevêque de Paris, l'on y verra le fondement de ce que j'avance ici.

Ce fut sur ce principe que les XXIII. Evêques s'obstinerent qu'on ne confondit point ce qui apartenoit à la foy, avec ce qui n'en étoit pas. Il y a apparence que si tout le monde en eût convenu cette affaire auroit fini, & que les Religieuses de Port-Royal & plusieurs autres personnes scrupuleuses auroient signé le Formulaire sans croire offenser la verité; mais comme c'étoit encore une nouveauté de demander à des filles

d'une retraite & d'un filence profond leur ferment, pour at-
tefter un fait de fcience contefté entre les plus habiles Docteurs
& dont elles ne pouvoient avoir aucune connoiffance, il ne
faut pas être furpris des défiances où elles entrerent.

Revenons aux XXIII Evêques, plufieurs étoient fi éloignez
de favorifer ce qu'on apelloit Janfenifme, que les parties des
IV. Evêques en avoient fait nommer quelques - uns pour Com-
miffaires, mais comme c'étoient des Prélats diftinguez en
pieté & en fcience, ils fe tinrent fi offenfez de la propofition qu'on leur en fit, qu'ils s'unirent avec plaifir aux défen-
feurs de leurs Confreres.

VIII.

Entre plufieurs objections qu'on fait contre les XXIII.
Evêques, il y en a quelques - unes qu'on m'adreffe perfonnel-
lement. L'argument de M. de Cambray en eft une, il affûre
que perfonne n'y répondra jamais rien de precis ni d'intelli-
gible & qu'il ne laiffe aucune refource au parti, étant decifif
felon qu'il le pretend. Le voici cet argument. *Selon vous-même,*
me dit - il, *l'Eglife ne peut point exiger la croyance certaine fur*
le pretendu fait fans s'attribuer & fans exercer fur ce point une
autorité infaillible. Or eft - il qu'elle exige une croyance certaine
fur le pretendu fait touchant le Texte de Janfenius, donc felon
vous elle s'attribue & exerce actuellement à cet égard une auto-
rité infaillible.

J'ay nié la majeure & la confequence de cet argument
auffi bien que la fuppofition de M. de Cambray que cette
majeure foit de moi : J'ofe dire avec tout le refpect & l'at-
tachement particulier que je fuis obligé d'avoir pour cet Illuf-
tre Archevêque, qu'il femble avoir donné dans l'erreur po-
pulaire,

pulaire, croïant que le Janfenifme eft un parti, où rien ne
s'écrit, qui ne foit concerté avec les chefs ; auquel cas on auroit penfé fans doute que ces chefs étoient les XXIII. Evêques,
s'agiffant de Religion, de Doctrine & de difcipline. C'eft
pourquoy me trouvant le feul en vie, il a peut-être crû me
pouvoir adreffer fon argument, & fuppofer que la majeure
en queftion étant des principaux d'un parti, dont je ferois
moi-même, je n'aurois garde de la nier. Mais je déclare à la
face de l'Eglife univerfelle, que ce prétendu parti concerté
eft une veritable illufion. En éfet les uns de trouvent les
lettres que j'ai écrites à cet Archevêque, d'autres les trouvent
mélées de bien & de mal, & il paroît une *relation de ce qui s'eft*
paffé dans l'affaire de la paix fous le Pape Clement IX. où l'on
donne des loüanges à ma premiere lettre & à moy que je
ne merite pas. Quoi qu'il en foit de tous ces fentimens, aïant
taché de ne confulter que l'efprit de Dieu, que j'ai invoqué
long-tems pour rendre témoignage à la verité, dans la veüe
de ne laiffer pas la mémoire de ce grand nombre de faints
Evêques fletrie, & d'expliquer cette matiere d'une maniere
que l'on puiffe voir la fin de ces difputes, je dis hardiment
qu'aucun des XXIII. Evêques n'avoüe la majeure, ni les confequences de ce prétendu argument decifif & infoluble. M.
l'Evêque d'Alet, qui dans fa lettre à M. de Perefixe a paru
le plus oppofé à la croïance interieure fur les faits, n'a point
contredit les Bulles du Pape fur celui de Janfenius ; il y re-
fute trois points de Doctrine, l'infeparabilité du fait & du
droit, l'infaillibilité de l'Eglife fur les faits, & fon pouvoir d'o-
bliger précifément par fon autorité à croire des faits incertains,
il eft vrai qu'aprés avoir rapporté plufieurs raifons fur le fait de
Janfenius, il conclut enfin qu'il eft bien difficile qu'on n'en-

M

tre en quelque défiance , & qu'on ne soit porté à douter d'un
fait, qui se trouve revêtu de tant de circonstances, qui en
peuvent affoiblir la croïance ; mais il ne dit pas pour cela
que l'Eglise ne le puisse pas faire signer sans impieté & sans
tyrannie ; son raisonnement va à établir le contraire, pourveu
qu'on ne demande pas la foy surnaturelle. Pourquoy en éfet
ne pourroit-elle pas exiger que dans la défiance & dans le doute,
ses enfans deferassent plûtôt à ses lumieres qu'aux leurs. M. Arnaud a signé le Formulaire , & a dit dans son Testament, qu'il y
avoit lieu de croire que les propositions n'étoient pas dans Jansenius. M. de Tournay au contraire a écrit au Pape qu'il n'a pas
eu la temerité de croire qu'elles n'y fussent pas, d'autres croïoient
qu'elles si trouvoient équivalement, à cause des équivoques
des termes, dont ce livre est rempli ; il s'ensuit de là que le
concert qui étoit entre les XXIII. Evêques, n'étoit ni sur le
fait de Jansenius, ni sur la nature de la soumission düe aux
decisions des faits non revelez ; il n'étoit que pour condamner sincerement les erreurs des cinq propositions, pour regarder comme une chose indifferente que Jansenius eût bien
ou mal expliqué S. Augustin, pour ne pas dominer les uns
sur les autres, & pour chercher & embrasser de bonne foi les
moiens de pacifier cette affaire.

Il faut neanmoins convenir que la majeure de l'argument
de M. de Cambray contre la signature du Formulaire , si l'on
ne croit pas l'Eglise infaillible, a l'apparence d'un grand respect pour la verité & pour le serment ; & d'une circonspection religieuse pour ne pas autoriser la fausseté & mensonge, & la temerité de jurer sur une chose douteuse & incer-
taine ; mais cette circonspection & ce respect, d'ailleurs trés
bons & trés loüables en soy , ou plûtôt absolument necessai-

res, ne conviennent pas dans le cas present ; car dés qu'on distingue plusieurs sortes de soumissions, il est visible qu'elles peuvent en même tems être apliquées à deux choses differentes sans mensonge & sans équivoque, l'une au droit & l'autre au fait, ou l'une à un point de foy, & l'autre à un point de discipline, ainsi qu'il se voit dans le premier Concile des Apôtres, où la fornication & l'usage des viandes étouffées étant défendus par un même Decret, on eut pû s'y soumettre, le signer & le faire signer même avec serment, si les Apôtres l'avoient ordonné, sans pourtant que l'on eût eu la même soumission par raport à la défense de manger des viandes suffoquées, qui ne devoit pas durer toujours, qu'à l'égard de celle de la fornication, qui ne pouvoit jamais cesser, parce qu'elle est fondée sur le droit naturel & divin, qui ne souffre point de variation.

M. l'Evêque de Tournay, Duplessis Praslin dans la conference qu'il eut par ordre du Roy avec MM. de Lalane & Girard & le Pere Ferrier Jesuite & dépuis Confesseur de Sa Majesté, combattit les scrupules des deux premiers sur ce principe, soutenant même que ces differentes soumissions s'apliquent pour ainsi dire d'elles-mêmes, & par la nature des choses dont il s'agit, sans qu'il soit necessaire de les exprimer, sur tout la signature qui marque la soumission étant proposée par l'Eglise.

Ce grand Prelat étoit donc d'avis que ces Mrs. pouvoient signer le Formulaire, sans distinguer les differentes soumissions dües au droit & au fait, * *étant persuadé*, dit-il, *que cette distinction s'entendoit assez d'elle-même. Car puisque l'Eglise exige des soumissions differentes sur les dogmes & sur les faits, comme*

* *Lettre au Roy* 1664.

on doit prefumer que des Docteurs ne fe fervent dans des matieres
Ecclefiaftiques que du langage de l'Eglife; ceux-ci auroient affez
laiffé entendre les deux fignifications du terme de foumiffion, en difant qu'ils fe foumettoient à des conftitutions, dans lefquelles il eft
conftant que deux Papes ont défini des dogmes & des faits, & toutes les perfonnes mediocrement intelligentes auroient fans doute raporté ce mot à chaque partie de ces conftitutions felon le fens propre
& naturel qui leur auroit été convenable, &c.

Tout ceci eft fondé fur ce qu'on peut fort bien prendre un
terme en deux fens differens fans menfonge & fans équivoque, lorfque ces fens font affez diftinguez par la nature des
chofes dont il s'agit. Tout le monde fçait à quel point faint
Auguftin étoit opofé au menfonge, cependant il le favori-
feroit bien plus que M. de Tournay, fi l'on ne pouvoit pas
donner à des propofitions un autre fens que le litteral à caufe
des aparences du menfonge.

Ce Pere interrogé par Boniface, * comment les Parens ou
Parrains des enfans, qu'ils prefentent au Battême, pouvoient
répondre fans hefiter & fans mentir qu'ils font fidelles, qu'ils
croient en Dieu & font convertis à lui; ces enfans n'étant
point capables de penfer à rien de ce qu'on leur demande;
a recours à l'ufage où l'on eft dans l'Eglife, qu'il autorife par
plufieurs autres réponfes ordinaires, qui feroient des men-
fonges fi l'on les prenoit rigoureufement & à la lettre, & fi
l'on ne leur donnoit des étendües favorables.

L'Apôtre ne dit-il pas felon fa pie en parlant du Battême que nous fom-

* Quid eft illud quod quando ad baptifmum offeruntur; pro eis parentes tanquam
fide dictores, refpondent & dicunt illos facere quod illa ætas cogitare non poteft, aut
fi poteft, occultum eft; interrogamus enim eos à quibus offeruntur & dicimus credit in
Deum, de illa ætate quæ utrum fit Deus ignoret; refpondet credit; & ad cætera fi refpondent fingula quæ quæruntur. Epift. 23.

mes

mes enfevelis avec JESUS-CHRIST, lors qu'on nous bap-
tife ? Les Saints , continûe-t-il , ne difent-ils pas fur les apro-
ches des Fêtes de Pâques ; ce fera demain où dans deux jours
la paffion de JESUS-CHRIST, quoi qu'il y ait tant d'années qu'il a fouffert la mort, & que cela ne foit arrivé qu'une
feule fois ? Ne difons-nous pas le jour de Pâques , que JE-
SUS-CHRIST eft aujourd'huy refufcité, bien qu'il y ait fi
long-tems qu'il l'eft. Cependant il n'eft perfonne, dit ce Pere,
qui ait l'efprit affez de travers pour accufer ces expreffions de
menfonge. *Nemo tam ineptus eft , ut nos ita loquentes arguat effe
mentitos &c.* Parce qu'il n'y a rien dans la penfée de l'enfant
qui foit contraire à la verité de la réponfe qu'on fait. *Etiam
fi fidem non dum habeat in cogitatione, non ei tamen obicem contrariæ cogitationis opponit, unde Sacramentum ejus falubriter percipi,*
& qu'elle marque au contraire la volonté à venir de l'enfant,
ejufque veritatis confona etiam voluntate coaptabitur. Cette réponfe, ajoûte-t-il, eft au contraire neceffaire pour la celebra-
tion du facrement: *Quia & ipfa refponfio ad celebrationem per-
tinet facramenti.* Que fi faint Auguftin a crû qu'il n'y avoit
rien contre la verité dans les interrogations & les réponfes
dont on vient de parler, parce qu'elles font connûes par l'ufage de l'Eglife,& que d'ailleurs l'enfant, pour lequel on parle, n'a
point des penfées contraires à ce que l'on répond pour lui ; *non
ei tamen obicem contrariæ cogitationis opponit* ; ne pouvons nous
pas dire, que fans croire les Papes & les Evêques infaillibles
fur les faits non revelez, les XIX. Evêques, les entremeteurs
de la Paix , & les IV. Evêques même ont pû trés raifonnablement , aprés la diftinction des foumiffions faite par M. de
Tournay, expliquée & connûe de tout le monde, figner le
Formulaire purement & fimplement , & le faire figner aux

N

autres fans tirannie & fans impieté, à moins qu'ils n'eussent eux-mêmes, ou qu'ils ne vissent des pensées contraires *obicem contrariæ cogitationis*, dans ceux à qui ils le faisoient signer, d'autant plus que la distinction étant faite, il ne s'agissoit pas de croire interieurement & de foy divine le fait comme le droit.

Voicy comment M. de Tournay s'explique sur cette distinction des soumissions ; je ne dis pas dans sa lettre au Roy, en aiant déja raporté dans ma premiere lettre à M. l'Archevêque de Cambray, un endroit trés formel & fort considerable, mais dans celle qu'il écrit à Innocent XI. où il lui expose la Doctrine de l'Eglise de France, & la sienne propre sur la nature de la Foy düe en souscrivant le formulaire. ,, Encore qu'on ,, doive avoir un souverain respect, dit ce grand Prelat, pour ,, les Bulles des Papes, on ne pourroit neanmoins tenir ni ,, pour heretique ni pour rebelle à l'Eglise, ni schismatique, ,, une personne qui refuseroit la croiance interieure à la deci- ,, sion d'un fait ; parce qu'à l'égard des faits particuliers qui ,, ne sont point venus à nôtre connoissance par la voie de la ,, revelation, l'Eglise même universelle n'est point infaillible, ,, qu'elle s'est en effet trompée en semblables occasions, que ,, c'est une Doctrine tres certaine & incontestable selon les ,, témoignages des Papes Pelage second & saint Gregoire le ,, Grand, & de plusieurs grands Personnages entre les Auteurs ,, Ecclesiastiques, comme sont les Eminentissimes Cardi- ,, naux Bellarmin, Palavicin, & dans un degré inferieur, les ,, plus savans Jesuittes, les Peres Sirmond & Petau, & plu- ,, sieurs autres Theologiens trés Catholiques & tout-à-fait at- ,, tachez aux interêts du Saint Siege. Il n'en est pas de même ,, des Dogmes de la Foy à l'égard desquels l'Eglise est infailli-

ble Voila comme il parle au nom de toute l'Eglise de France ; voici comment il explique ses propres sentimens. " Au
reste j'ay toujours averti ceux qui étoient sous ma charge "
qu'il faloit prendre garde à ne se pas écarter facilement mê- "
me des decisions des Papes qui concernent les faits , parce "
qu'il faut croire qu'ils font le plus souvent assistez d'une "
grace singuliere & animez du Saint-Esprit pour tout ce qui "
regarde le gouvernement de l'Eglise. Pour ce qui est de ma "
personne , je n'ai jamais eu la temerité de dire ni de croire "
que les Papes Innocent X. & Alexandre VII. se soient trom- "
pez à l'égard du fait ; mais j'ay seulement dit qu'il est dan- "
gereux de poursuivre comme heretiques ceux qui ne contre- "
disent qu'à une decision de fait , plus encore de traiter ainsi "
ceux qui n'y contredisent point , mais qui se contentent de "
n'en parler point , condamnant d'ailleurs sincerement les "
Dogmes condamnez. Voilà , Trés-Saint Pere , tout ce que "
j'ai fait & tout ce que j'ai dit sur l'affaire de Jansenius. "

Ce font, MES FRERES, les sentimens moderez des
XXIII. Evêques ; Ils étoient bien éloignez de condamner de
tirannie ceux qui faisoient signer le Formulaire sans croire
l'Eglise infaillible , & sans s'expliquer sur la nature de la soumission , pourveu qu'ils gardassent & fissent garder le silence.

I X.

La neuviéme difficulté me regarde personnellement. Il y
a dequoi s'étonner , dit-on , que j'aie la hardiesse d'entrepren-
dre la justification des XXII. Evêques & la mienne en particulier au préjudice des qualifications vives contenuës dans la
Bulle du Pape Clement XI. contre les personnes qui font pour
le silence respectueux.

Je conviens que les qualifications contenuës dans cette Bul-

le font terribles , mais plus elles le font , plus je me fens obligé de montrer qu'on ne peut les appliquer fans calomnie ni
aux XXIII. Evêques ni au filence refpectueux en lui-même
ou comme nous l'avons entendu , étant certain que Sa Sainteté n'a pretendu autre chofe que de foudroyer ceux qui fous le
voile de ce filence cachoient un efprit de revolte contre les
Bulles des Papes , & le deffein de foûtenir les cinq propofitions à la premiere occafion. Or les XXIII. Evêques ne regarderent jamais le filence refpectueux que comme un moyen
pour procurer la paix à l'Eglife fans aucun deffein de deffendre
la catholicité des cinq propofitions , ni de contredire les Bulles des Souverains Pontifes non pas même fur le fait. Ce
qu'on vient de lire ci-deffus de M. de Tournay alors Evêque
de Comenge , lequel étoit pour le filence refpectueux , le prouve évidemment puifqu'il dit qu'en fon particulier *il n'a jamais
eu la temerité de dire ni de croire que les Papes Innocent X. & Alexandre VII. fe fuffent trompez à l'égard du fait.*

Cela fait voir auffi que felon lui & felon fes Confreres fans
doute , ce même filence refpectueux n'enfermoit pas effentiellement une exclufion de toute croiance du fait , puifqu'il ne fe
contente pas d'écrire au Pape que pour fa perfonne , *il n'a jamais eu la temerité de dire ,* mais qu'il ajoûte encore , *de croire que
les Papes Innocent X. & Alexandre VII. fe fuffent trompez à l'égard
du fait.*

Ces Prelats donc loin d'avoir en veüe de contredire les
Souverains Pontifes , avoient au contraire une volonté formel-
le de faire le procès & de punir tous ceux d'entre leurs inferieurs , qui oferoient s'élever contre leurs conftitutions. A Dieu
ne plaife donc qu'on attribuë au Pontife qui nous gouverne fi
fagement , d'avoir voulu traiter les XXIII. Evêques de *Pertur-
bateurs*

bateurs *du repos public*, *d'enfans d'iniquité*, *de desobeïſſans*, *de re-*
belles, *de ſerpens dont on a écraſé la tête*, *qui font de nouveaux efforts*
pour ſe ſauver par des détours ; d'ennemis du genre humain, pleins
d'une infinité d'artifices, d'inquiets, de temeraires, d'audacieux, de
trompeurs, de ſeducteurs, de gens qui cachent leur venin, de moc-
queurs, de deſobeïſſans, d'impudens, qui ont oublié non ſeulement la
droiture naturelle, mais auſſi la ſincerité chrêtienne, de gens qui
trompent l'Egliſe par un ſerment & s'en joüent, d'hommes dépravez,
qui troublent la paix de l'Egliſe, d'impoſteurs ; enfin de tranſgreſ-
ſeurs des Conſtitutions Apoſtoliques. Comment en effet pourroit-
on raiſonnablement appliquer ces qualifications aux intentions des XXIII. Evêques, uniquement occupez du deſſein
de rétablir la paix dans l'Egliſe, & qui parloient avec la derniere circonſpection, pour ne pas avancer une ſeule parole, de
laquelle on pût vraiſemblablement tirer la moindre conſequence contre le reſpect dû à la verité, au S. Siege & à leurs Confreres. Pourquoi cenſureroit-on leur doctrine aiant été tous
ſolemnellement declarez contre l'erreur des cinq propoſitions,
tres-éloignez d'entrer dans l'idée, qu'on a depuis peu attachée à
l'expreſſion du ſilence reſpectueux, puiſqu'ils en avoient une
toute oppoſée, ainſi que je viens de le montrer.

Si cette cenſure tomboit ſur les XXIII. Evêques, elle ne
tomberoit pas moins ſur les entremetteurs de la paix de 1669.
dont il y en a encore un en vie, qui eſt dans un rang plus émi-
nent, qu'il n'étoit alors, ſur M. de Harlay Archevêque de Paris,
ſur la pluſpart des Evêques de France de ce tems-là, enfin ſur
tous ceux qui ont compoſé les Aſſemblées generales du Clergé
où les lettres des XIX. Evêques ont été approuvées, aiant été
même imprimées par leur ordre dans leur procés verbal. Ne
pourroit-on pas même dire, ſi on n'entroit pas dans mon ex-

O

plication , qu'on flétriroit auffi la memoire venerable des Souverains Pontifes & de leurs Miniftres, qui ont reçû les lettres
des XIX. Evêques, & fouffert au moins l'expreffion du filence refpeculeux fans le condamner.

Que deviendroit en ce cas-la cette celebre regle de Vin-
cent de Lerins approuvée de tout le monde pour difcerner les
chofes qui appartiennent à la foy ? *Quod ubique , quod femper ,*
quod ab omnibus traditum eft. Si on ne diftingue pas les deux
fens que je donne au filence refpeculeux, il aura été reçû prefque par tous les Evéques de France , reçû, ou au moins toleré
par deux Papes , fans être repris ni par eux ni par aucune Eglife
particuliere en 1669. & il fera rejetté aujourd'hui par la Bulle &
par tous ceux qui l'acceptent, comme heretique. Ne pourroit-
t'on pas dire avec S. Hilaire *fides temporum ,* fi on rejette mon explication,ou qu'on n'en trouve pas une meilleure ?

Quand je n'aurois pas un interêt particulier dans cette affaire, celui de la Religion & de l'Eglife y eft fi vifible , qu'on
doit être furpris, qu'il fe trouve des perfonnes qui puiffent blâ-
mer mon entreprife, de juftifier les XXIII. Evéques me trouvant le feul en vie. Eft-il contre l'ordre de fe deffendre foi-
même ? Et n'eft-il pas édifiant de le faire en montrant,que l'on
n'a point foûtenu un fens condamné par une Bulle d'un grand
Pape ? Sa Sainteté condamne le filence refpeculeux comme in-
fuffifant , parce qu'elle croit qu'on veut qu'il renferme l'exclufion de toute croïance , avec un deffein formel de s'élever contre les Conftitutions des Souverains Pontifes à la premiere occafion ; & il eft feur que les XXIII. Evéques n'ont jamais eu ce
deffein , ni pris le filence refpeculeux en ce fens, comme je l'ai
déja dit plus d'une fois, n'aïant eu en veüe que d'exclurre par là
la foy divine, fans ôter la liberté fur toute forte d'autres foû-
miffions,

Enfin il faudroit ne pas entendre le latin & donner à la Bulle un sens plus étendu qu'elle n'a en effet, afin d'y trouver la
condamnation des XXIII. Evêques ; elle ne parle que du fait
de Jansenius, & les veritables veües de ces Prelats n'ont jamais été de contredire ce fait, ni de soûtenir le livre de Jansenius, ils n'ont contredit que le dessein de ceux, qui à cette
occasion vouloient faire un Dogme sur la nature de la soûmission deüe aux faits non revelez & les faire croire de foy divine
sous pretexte de leur pretendüe inseparabilité d'avec les points
de droit.   Que s'ils ont fait aussi mention du silence respectüeux par rapport au fait de Jansenius, ce n'a été que pour
donner la paix à l'Eglise, en évitant par ce moïen la discussion
d'une matiere, qui ne pouvoit qu'allumer de plus en plus les esprits, si on ne cessoit d'en parler.

X.

Ne pourra-t-on pas dire encore que tous ces sens differens
que je donne soit au terme de silence respectüeux & de soûmission, soit aux expressions de la derniere Bulle ne sont qu'un
tour d'esprit pour me mettre à couvert de la censure, & pour
n'avoir point la confusion de me dédire, chaque terme aïant un
sens propre & naturel, qu'il n'est point permis à un particulier
de changer à son gré, les mêmes termes ne pouvant pas être
pris tantôt dans un bon sens & tantôt dans un mauvais.

Ce reproche est fondé sur deux suppositions éloignées de la
verité.   La premiere, que l'explication dont je me sers n'est
pas vraie ; & l'autre que c'est une nouveauté, qui n'est nullement autorisée par l'usage de l'Eglise.

Quant au premier n'est-il pas veritable & même visible que
N. S. Pere le Pape regarde le silence respectüeux & les explications données à la soûmission düe aux faits, comme le voile

fous lequel l'impieté & la fourberie fe cachent dans les tenebres & dans le filence ; ce qui lui fait apliquer à ceux qu'il croit dans ces mauvaifes difpofitions, ces paroles du Cantique , *impii in tenebris conticefcent ,* cependant il étoit de notorieté publique à ceux qui connoiffoient les veües, les fentimens & les perfonnes des XXII. Evêques auffi bien qu'à moy, que loin que ces termes fuffent chez eux un voile d'impieté & de fourberie , ils ne s'en fervoient que pour exclurre la foy divine, en faifant d'ailleurs abftraction des autres efpeces de foumiffion, afin de procurer la paix à l'Eglife de France.

2. Quant à la variation des fens dans un même terme, elle ne peut paroître extraordinaire en matiere de religion qu'à ceux , qui ne connoiffent pas à fons l'ufage de l'Eglife.

En effet quatre-vingts Evêques affemblez contre Paul de Samozate, condamnerent le terme de Confubftantiel, parce quils y crûrent voir un mauvais fens : & 318. affemblez au Concile général de Nicée l'approuverent enfuite en lui en donnant un bon. Il en eft de même du terme d'hipoftafe, les divers fens qu'on lui a donnez l'ont fait approuver & réjetter par les Eglifes Greques & Latines, & par les plus grandes lumieres de l'Eglife de ce tems-là , fans que la religion des uns ni des autres ait été foupçonnée. De fcavans Cardinaux & des celebres Docteurs dévoüez au S. Siege , donnent encore aujourd'huy des explications nouvelles à de certains termes que des Conciles & des Papes avoient autrefois condamnez, & juftifient ainfi la foy de ceux qui s'en étoient fervis. Pourquoy donc ne rendra-t-on pas la même juftice aux XXII. Evêques ? Pourquoy ne reconnoîtra-t-on pas qu'ils ont pû & dû approuver l'expreffion du filence refpectüeux comme utile

pour

pour pacifier l'Eglife, en lui donnánt un tres bon fens, &
pourquoi les Papes & plufieurs Evêques & Docteurs s'ils font
perfuadez aujourd'hui que l'on en fait un mauvais ufage ou du
moins qu'on peut le faire, ne pourroient-ils pas condamner
cette même expreffion ?

Il faut raifonner de même du terme de foûmiffion expliqué
fi diverfement par les deux partis, l'un prétendant qu'il fignifie une croyance de foy divine, l'autre qu'il exclut toute forte
de croyance ou du moins qu'il ne la fignifie pas dés qu'on
y joint le filence refpectueux. Ces termes fuivent le fort de
tous les mots, qui ne fignifiant rien d'eux-mêmes, prennent
leur fignification de l'ufage toûjours variable, & plus dans la
langue françoife que dans les autres. D'où viendroit donc le
Privilege à ces deux termes, de ne leur pouvoir donner des
fignifications nouvelles, les Auteurs des Livres facrez ne fe font
pas privez d'une telle liberté. L'Apôtre S. Pierre parle de la
Ville de Rome fous le nom de Babilonne qu'il lui donne, &
S. Paul defigne Neron par le mot de Lion. Les divers fens
donnez au filence refpectueux & à la foûmiffion, ne font pas
fi éloignez que les deux précedens.

Mais fi quelque mot devoit avoir une fignification fixe &
non fujette aux variations, ce feroit fans doute celui de Dieu,
le plus venerable de tous les noms ; cependant nous le voyons
dans l'Ecriture Sainte même fignifier des chofes bien oppofées. Appliqué à l'Etre fouverain, il fignifie le Créateur de
l'Univers digne de toutes nos adorations; appliqué felon l'expreffion de la même Ecriture, à des grands hommes, il fignifie des perfonnes diftinguées par leur merite, par leur pieté,
par quelque excellence particuliere, appliqué à Baal, à Mogol
& à des hommes mortels, fcelerats & impies, il fignifie
une Idole, la chofe la plus oppofée à l'Etre divin.

P.

L'Eglife ne nous fournit pas de moindres exemples de ces diverfes fignifications d'un même mot, tantôt approuvé comme le Symbole de la catholicité , & tantôt anathematifé , comme celui de l'erreur. Combien y a-t-il eu de profeffions de foy, les unes Catholiques & les autres Arriennes felon les divers fens donnez aux termes de Verbe & de Divinité ? Combien de Neftoriennes & d'Eutichéennes pour avoir entendu diverfement les termes de perfonne & de nature ? Combien d'Heretiques & d'Orthodoxes à caufe des differentes fignifications du mot de grace, pris en un fens par l'Eglife , par les Papes & par S. Auguftin , & en un autre par Pelage & par Calvin ? Quel foin nos Controverfiftes ne fe font ils pas donnez pour expliquer S. Auguftin & d'autres Peres fur le terme de figure, apliqué juftement & en un bon fens à l'Euchariftie par ces Peres de l'Eglife , & tres fauffement par les Calviniftes ?

Le même S. Auguftin fait une longue enumeration dans fon traité de la Trinité des fens differens attribuez aux mêmes termes , & fait voir par là que plus les matieres font importantes & fublimes, & les difficultez fur l'intelligence des mêmes termes multipliées, plus l'on eft auffi obligé d'en démêler les differentes fignifications , pour maintenir la verité contre la nouveauté & contre les fophifmes des Heretiques toûjours fondez fur les fens differens des termes de l'Ecriture : auffi font-ce ces éclairciffemens donnez par les Conciles, par les Decrets des Souverains Pontifes , par les décifions des Peres, qui ont fait triompher l'Eglife des erreurs & des fubtilitez des Herefiarques, & qui ont maintenu jufqu'à prefent la Religion Chrêtienne dans fa pureté.

S'il eft vrai, comme on n'en peut douter, que la plus-part des difficultez qui ont fait le plus de bruit dans l'Eglife, fe

font enfin terminées à des queſtions de nom , qui empê-
choient les parties de s'entendre elles-mêmes. Si les queſtions & les animoſitez ont fini dés qu'on a convenu des divers
ſens donnez à un même terme , n'avons-nous pas lieu d'eſperer que les differends ſurvenus à l'occaſion du ſile ⁓ reſpectueux auront le même ſort. Il étoit bon comme les XXIII.
Evêques l'entendoient & s'en étoient expliquez à la face de
toute l'Egliſe , puis qu'il marquoit leur ſoumiſſion , & qu'il
ſervoit à établir la paix , & il eſt tres-juſtement condamné
par le Pape & par les Evêques, étant perſuadez qu'il ſert à
preſent de voile pour couvrir le deſſein de s'élever contre les
Bulles , & de ſoûtenir les cinq propoſitions ; mais tout le
monde deſavoüant un tel deſſein , il n'y aura plus de parti
oppoſé , & ſi nos pechez ne s'y oppoſent, cet éclairciſſement
nous donnera s'il plait au Seigneur , la paix deſirée depuis
ſi long-tems par les gens de bien.

ONZIE'ME OBJECTION.

Le ſentiment des XXIII. Evêques & de leurs amis n'ayant
point été, qu'on dût la croyance interieure ſur le fait de
Janſenius , & le Pape s'étant expliqué en faveur de cette
croyance , l'on ne fait point d'injure à ces Prélats de les dé-
clarer condamnez par la derniere Bulle ; d'autant plus que je
n'oſerois moi-même aſſeurer qu'aucun d'eux favoriſât la
croyance interieure, ainſi que la Bulle le demande.

Pour reſoudre nettement cette difficulté , qui paroît la plus
grande qui ait été faite depuis ſoixante ans ſur cette matiere,
puiſque la Bulle établit la neceſſité de la croyance interieure
ſur le fait de Janſenius, il faut la diviſer en trois queſtions. La
premiere ſi les XXIII. Evêques étoient obligez d'avoir cette
croyance interieure. La ſeconde, ſi ne l'ayant point euë la
Bulle ne les regarde pas plus particulierement que les autres

Evêques. La troisieme , qu'elle conduite l'on doit garder
aujourd'hui à l'occasion de la nouvelle Bulle qui la demande.

Je répondrai en même tems aux deux premieres queſtions ;
& avec la ſimplicité qui doit toûjours accompagner les paroles d'un Evêque , je dirai ingenûment ſur la premiere, que
les Conciles & les Papes n'ayant point fait de Loy juſqu'à
preſent ſur cette ſorte de croyance , on n'auroit pas fait un
crime aux XXIII. Evêques quand ils ne l'auroient pas euë.
Les nouvelles difficultez obligent ſouvent les Paſteurs à faire
de nouvelles déciſions , & alors on eſt obligé de s'y ſoûmettre,
lorſqu'elles ſont utiles à la Religion , & accompagnées des
autres conditions neceſſaires , mais non auparavant. Saint
Auguſtin attendoit la déciſion d'un Concile general pour ſe
determiner ſur certaines queſtions, même touchant le Batême.

Quant-à la ſeconde queſtion , la croyance interieure
pouvant regarder ou un objet qu'on croit connoître évidemment, ſoit par ſes propres yeux , ſoit par la notorieté publique , ſoit par l'aveu des parties , ou un objet ſur lequel on
ſe détermine , bien qu'on en pût douter raiſonnablement. Il
n'eſt point impoſſible qu'il n'y eût pluſieurs des XXIII.
Evêques qui ne faiſoient aucune attention à cette croyance.
Uniquement attentifs à rejetter l'obligation d'une croyance de
foy divine ſur les faits non revelez , même aprés la déciſion
de l'Egliſe , ils faiſoient abſtraction des differentes manieres
dont on les pouvoit croire, quoiqu'il y en pût avoir parmi
eux qui croyoient effectivement le fait de Janſenius. En effet
à y regarder de prés, pourvû qu'on excluë la croyance de la
foy divine , il paroît que les queſtions ſur les autres differentes manieres de croire les faits non revelez, aprochent
de celles que l'Apôtre apelle curieuſes & inutilles, s'agiſſant
de ſçavoir comment une perſonne peut ne croire point une
choſe

chofe en ne confultant que fes propres lumieres, & la croire neanmoins en même tems en s'en raportant à la décifion des Superieurs Ecclefiaftiques, fans les croire infaillibles fur ce point. Plus on s'efforcera d'aprofondir cette quef-tion, plus on diminuera la croyance & le refpect dû à l'autorité des Superieurs, l'on tombera même dans des quef-tions purement Philofophiques, par exemple, fi la fcience & la demonftration font compatibles avec la foy divine dans un même efprit, fi la foy humaine ou Ecclefiaftique s'y peuvent accorder avec le doute & l'opinion ; comment la déference, la foumiffion, le refpect & l'obéïffance, qui font dûës aux décifions de l'Eglife, peuvent fubfifter avec les operations naturelles & neceffaires de l'entendement & de la volonté, dans les differens actes dont on vient de parler : Enfin de qu'elle maniere l'homme fe peut déterminer à ce qui lui paroît le moins vrai-femblable, durant qu'il eft en fufpens & agité par des motifs naturels, ou même de Religion opofez à l'autorité, fur tout l'Eglife ne s'étant pas expliquée fur les manieres differentes dont tout cela fe peut faire, & les ayant laiffées à la difpute des Docteurs.

C'eft en ces conjonctures que les enfans de l'orgueilleux Adam éprouvent leur profonde ignorance, & comment ne l'éprouveroient-ils pas fur les matieres fublimes & furnatu-relles, puifqu'ils en font une experience journaliere fur les plus communes de la nature, dés qu'il s'agit d'expliquer & de déterminer comment les chofes fe font. En effet, qui fçait par exemple, comment les femences des plantes, des arbres, &c. viennent à leur perfection? Comment les efprits vitaux agiffent dans les animaux? Comment l'entendement, la volonté & la memoire font leurs operations dans l'homme? Plus on s'aplique à aprofondir ces chofes pour en rendre

Q

raiſon, plus on les couvre de nuages épaix & de difficultez inſurmontables à l'eſprit humain, & enfin le fruit de toutes ces diſcuſſions aboutit à douter de tout & à trouver toutes choſes problematiques. Ces reflexions ſont à mon avis ſuffiſantes pour reſoudre les deux premieres parties de cette difficulté.

Pour répondre à la troiſiéme queſtion qui eſt beaucoup plus importante, & qui regarde la conduite que je dois vous propoſer par raport à la croyance interieure que la Bulle demande, voulant agir avec quelque ordre, & vous mettre en état de reſoudre vous - même toutes les difficultez qui pourroient vous reſter, tant contre la conduite des XXIII. Evêques, que ſur ce que j'ai à vous ordonner, je n'ai qu'à vous prier de faire attention aux remarques ſuivantes ; je m'aſſeure qu'aprés cela vous n'aurez point de peine d'en tirer la même concluſion que j'en tire.

1. Il y a une foy Divine dûë uniquement à la parole de Dieu écrite ou non écrite, laquelle doit ſoumettre l'entendement contre ce qu'il croit voir le plus évidemment par ſes propres lumieres. Telle fut la foy d'Abraham, qui le faiſoit eſperer contre toute eſperance, ainſi que parle l'Apôtre, lors qu'étant preſt d'immoler ſon fils par l'ordre de Dieu, il ne laiſſoit pas d'attendre toûjours l'effet de la promeſſe qui lui avoit été faite, qu'il lui naîtroit de ce même fils une poſterité auſſi nombreuſe que les étoiles du Ciel. La Bulle de Nôtre Saint Pere le Pape ne demande pas une croyance interieure de cette ſorte, n'ayant garde de confondre la parole de Dieu avec ce qui ne l'eſt pas.

2. Quoique l'Egliſe ne ſe diſe pas infaillible ſur les faits qui arrivent de jour en jour, neanmoins lors qu'elle en decide quelqu'un, elle veut qu'on lui rende une ſoumiſſion religieuſe, reſpectueuſe & interieure, parce qu'étant conduite par le S.

Esprit pour les chofes qui regardent fon gouvernement, il l'empêche ordinairement de fe tromper. Il ne fuffit pas à fes enfans d'être perfuadez qu'il ne leur eft pas permis de s'élever contr'elle, ils doivent encore être tellement prevenus qu'elle ne fe trompe pas ordinairement, qu'à moins de voir évidemment le contraire de ce qu'elle leur propofe, ils ne peuvent fans temerité lui refufer une croiance interieure qui a la pieté pour principe.

3°. Il y a des veritez évidentes par elles-mêmes, d'autres de notorieté publique, d'autres avoüées par les parties qui neceffitent l'entendement de croire, parce que n'étant pas une faculté libre, il ne peut rejetter une verité qui lui paroit évidemment telle, il n'y a qu'un motif furnaturel qui puiffe le faire renoncer à fes propres lumieres pour fe foumettre à celle de Dieu : *In captivitatem redigentes omnem intellectum in obfequium Chrifti.* La Bulle ne demande aucune de ces fortes de croiance interieure. Le fait de Janfenius n'eft ni revelé dans la parole de Dieu, ni évident par lui-même, ni de notorieté publique, ni avoüé par les parties, puis qu'au contraire les plus habiles Docteurs de chaque parti, qu'on fuppofe avoir cherché la verité de bonne foy, difputent entr'eux depuis cinquante ans avec tant de chaleur, que chacun foutient que fon fentiment eft plus clair que le jour. Ce qu'on peut juger feurement fur ce fait, c'eft qu'il eft obfcur en lui-même, que le livre de Janfenius eft équivoque & propre à laiffer les efprits non prevenus en fufpens & dans le doute fur le fait; d'où il s'enfuit qu'ils peuvent fans fcrupule deferer à l'autorité.

4°. Il y a une troifiéme efpece de veritez d'un ordre inferieur aux deux precedentes, fur lefquelles neanmoins l'enten-

dement prefere les lumieres étrangeres aux siennes propres.
Cette soumission peut s'apeller foy Ecclesiastique ou foi humaine, selon que l'entendement se soumet au jugement de
l'Eglise, ou à l'autorité des hommes particuliers.

On voit des exemples de cette soumission & de cette foy
humaine dans toutes sortes de sciences. Combien y a-t-il
de disputes sur les sens des œuvres Philosophiques de Des-
cartes & d'Aristote, sur les écrits d'Hypocrate & de Galien,
ur la Doctrine de saint Thomas & de saint Augustin ? Cependant désque leurs Disciples sont persuadez que leurs sentimens sont opposez à ceux de leurs Maîtres, ils en changent
sans peine & se soumettent à leur autorité. De là vient que
Jansenius lui-même aprés avoir étudié plus de vingt ans saint
Augustin ne laisse pas de renvoier souvent ses Lecteurs aux
ouvrages de ce Pere. Faut-il s'étonner aprés cela si tant de
Docteurs qui ont lû le livre de cet Auteur qui est de 1200. pages in folio & en petit caractere & sur une matiere sublime &
obscure, qui a fait souvent recrier l'Apôtre même sur la profondeur des tresors de la sagesse & de la science de Dieu,
faut-il s'étonner, dis-je, si ces Docteurs étant partagez &
disputant toujours avec une égale chaleur sur le sens de ce livre, l'Eglise interpose son autorité, & si elle demande une
soumission & une croiance interieure voulant qu'on prefere
ses lumieres à celles des particuliers, qui disputeroient éter-
nellement sans pouvoir jamais convenir entr'eux ?

5°. S'il est certain que l'homme se trouve souvent dans le
doute & dans une espece d'équilibre, ne sachant à quoi se
determiner à cause des raisons contraires qui se presentent à
lui, ou des autoritez qui ne sont pas d'accord; n'est-il pas
juste qu'en cet état la plus grande autorité l'emporte dans son
esprit

esprit & le determine à croire ? Si c'eſt l'autorité d'un Pere,
ſa ſoûmiſſion ſera fondée ſur la nature; ſi c'eſt l'autorité de
l'Egliſe, il obéïra par un principe de piété oppoſé à la pre-
ſomption & à l'independance.

S'il eſt donc vrai que les Diſciples de certaines écoles
deferent à l'autorité de ceux qui ſont regardez comme les
Maîtres de certaines ſciences, & les enfans à l'autorité pater-
nelle, lorſqu'ils ſont dans le doute ; pourquoi eſt-ce qu'en
matiere de Religion l'autorité des Superieurs ne pourra pas
porter les inferieurs à la croyance interieure, ſur tout lors
qu'ils n'ont point d'évidence du contraire ? En quoi neanmoins
je ne prétends pas dire, que ceux qui n'y pourroient pas
determiner leur entendement, fuſſent heretiques s'il ne s'agiſ-
ſoit que de faits non revelez.

Ce que je propoſe ici n'eſt pas une nouveauté dans l'Egliſe,
il y a pluſieurs choſes de cette eſpece. L'immaculée Conception de la Sainte Vierge eſt de ce nombre, on nous engage
par ſerment de la ſoutenir en prenant le bonnet de Docteur à
Paris, & les Souverains Pontifes défendent de rien dire contre, ſans pretendre que ceux qui ne peuvent donner leur
croyance interieure à cette pieuſe verité ſoient heretiques,
& on ne va pas foüiller dans leurs cœurs pour ſçavoir ce
qu'ils en croyent effectivement, pourveu qu'ils ne parlent ni
ne dogmatiſent pas contre. Les plus ardens défenſeurs de la
verité du fait de Janſenius pourroient-ils trouver mauvais
que les XXIII. Evêques euſſent égalé le fait de Janſenius à
celui de l'Immaculée Conception ? Ne ſemble-t'il pas qu'ils
en devroient bien être contens ?

6. Bien que les XXIII. Evêques n'ayent pas expliqué leur
ſoûmiſſion ſur le fait de Janſenius par une croyance interieu-

re , & qu'il y ait même lieu de croire que si plusieurs d'entr'eux eussent été interrogez sur cet article, ils auroient répondu qu'ils ne la croyoient pas necessaire ; il est neanmoins
certain qu'ils ne l'ont pas excluë par le silence respectueux ;
ils n'avoient en vûë que d'exclurre la necessité de la foy
divine , & l'inseparabilité du fait & du droit, qu'on vouloit
établir sous pretexte du fait de Jansenius, comme il a été
dit plusieurs fois.

Cependant quoique nous regardassions ces opinions comme une nouveauté pernicieuse à la Religion , & propre à
maintenir les Calvinistes & les Sociniens dans l'éloignement
de l'Eglise, nous nous contentames d'exposer nos sentimens
au Pape nôtre Superieur, sans attaquer neanmoins, ni même
nommer les auteurs de ces opinions. Nous les laissames
dans la liberté que nous ne pouvions leur ôter étant nos égaux,
de croire ce qu'il leur plairoit , & nous n'entrames dans aucune des autres difficultez, qui agitoient l'Eglise de France
sur la nature de la soumission dûë aux faits: J'ai fait voir tout
ceci dans ma lettre à M. l'Archevêque de Cambray, & qu'il
n'a aucun droit de condamner les XXIII. Evêques ses Confreres, quoique opposez à sa Doctrine.

7. Nous distinguâmes dans une même proposition composée de Dogmes & de faits, la foi divine qui est dûë au droit,
d'une soumission differente dûë au fait ; rien n'est plus aisé
que de faire cette distinction dans une proposition , puis qu'il
n'y a qu'à voir ce qui est dans la parole de Dieu écrite ou
non écrite, & ce qui n'y est, ni n'y peut être. Le contraire
des erreurs de cinq propositions y est, si Jansenius les a en-
seignées, n'y peut être.

8. Si quelques-uns s'obstinent à vouloir qu'il y ait d'autres
faits

faits dogmatiques ; que celui de Janfenius, qui fans être dans l'Ecriture Sainte , ayent une liaifon infeparable avec elle, nous ne pretendons pas les empêcher d'en croire ce que bon leur femblera , pourveu qu'ils ne mettent pas dans ce rang le fait de Janfenius dont il s'agit, afin d'avoir le pretexte de traitter d'heretiques les XXIII. Evêques & ceux qui ont fuivi leur doctrine.

9. Bien que l'Eglife n'ait point fait de Dogme par le paffé, fur la nature de la foumiffion qu'elle exige pour fes décifions fur les faits non revelez , & qu'elle n'ait pas voulu même penetrer dans le fonds du cœur de fes enfans , pour y découvrir s'ils avoient ou n'avoient pas la croyance interieure de cette forte de faits, aprés qu'elle les avoit decidez , il faut pourtant convenir de bonne foy , qu'ayant elle - même cette croyance, fa difcipline fuppofe que ceux qu'elle oblige de dire, par exemple, anathéme à Neftorius , penfent comme elle , ou du moins qu'ils ne penfent pas le contraire.

10. Encore qu'il y eût quelques Evêques qui croyoient que l'affaire de Janfenius ne meritoit pas un Formulaire, je puis dire qu'il n'y en eut aucun, qui s'oppofât à ce qu'on le fit figner. Ils fçavoient qu'on ne devoit pas décrediter un moyen dont l'Eglife s'étoit fervie utilement dans les premiers fiecles pour diftinguer les Catholiques des Heretiques ; ils tacherent feulement d'empêcher, qu'on ne confondît les foumiffions qu'on vouloit établir ; les uns vouloient prévenir les inconveniens de cette fignature en dévelopant les obfcuritez , en démêlant les équivoques, en excluant les faux fens de ce qu'on propofoit, enfin en affignant à chaque décifion le degré & la qualité de la foumiffion qui lui étoit dûë, & les autres fe contentoient qu'on fçût, que ceux qui fignoient

R

étoient inftruits de toutes ces chofes & qu'ils étoient dans le même fentiment qu'eux ; ainfi ils ne croyoient pas qu'il fût neceffaire de s'en expliquer d'avantage.

II. Au refte, MES FRERES, je ne crois pas qu'il vous vienne dans l'efprit que les explications, que je viens de vous donner pour difpofer vos efprits à l'acceptation de la Bulle, toutes refpectueufes qu'elles font, foient une entreprife contre l'autorité du S. Siege, il faudroit que vous euffiez oublié ce que le Concile de Trente prononce contre les ennemis de la Hierarchie, qui confondent l'Etat Seculier & les Ordres Inferieurs avec l'Epifcopat, il faudroit que vous regardaffiez les Evêques comme des Vicaires amovibles, les Souverains Pontifes n'ignorent pas la leçon que JESUS-CHRIST fait à fes Apôtres, & en leur perfonne à tout le College Epifco-pal, de s'éloigner de l'efprit de domination, qui confifte à vouloir être obéï fans reconnoître rien qui entre en portion de l'autorité dont on eft revêtu.

Le Vicaire de JESUS-CHRIST Chef de fon Eglife n'a garde d'être jaloux de l'autorité des Evêques, qui en font les principaux membres & les Peres ; ils puifent tous leur autorité dans la même fource, & font les interpretes de la Doctrine qu'il a laiffée en dépôt, non feulement à S. Pierre, mais encore à fes Apôtres & aux Evêques leurs fucceffeurs.

M. de Marca dans fon cinquiéme Livre *de concordia, &c.* ch. 18. Tome 2. fait une remarque digne de fon erudition ; il dit que fi dans les foubfcriptions des Conciles generaux on laiffoit la premiere place au Pape pour les autorifer par fon fein, on en laiffoit auffi en faveur des Evêques abfens, & que cela étoit fi conftant que comme l'on trouve encore la premiere place vuide dans les foufcriptions du Concile *in*

Trullo, avec ces termes : *locus fanctiffimi Papæ Romani*, l'on y trouve auffi la place refervée pour quatre Evêques abfens avec les mêmes termes : *locus Heracleenfis, locus ſardinienfis, locus Ravennatis ; locus Corinthii* C'eſt ſelon ce ſçavant Archevêque, qui n'eſt pas ſuſpect au S. Siege, un monument authentique de l'autorité qu'on reconnoiſſoit dans les Evêques, bien oppoſée à l'idée que pluſieurs ont de leur ſervitude par raport à leur Chef.

Le même M. de Marca * raporte ailleurs d'Hincmar † Archevêque de Reims, que l'origine de l'autorité des Conciles Provinciaux ou Nationnaux convoquez par les Archevêques, venoit de Saint Pierre & des Apôtres auſquels elle avoit été donnée, & d'où elle avoit paſſé aux Evêques leurs ſucceſſeurs. Les Sçavans ont fait pluſieurs volumes contre certains courtiſans peu éclairez dans l'antiquité, & nous avons la conſolation de voir ces derniers condamnez par les Souverains Pontifes.

Enfin, MES TRES-CHERS FRERES, ſi tout ce que je viens de vous expoſer ſur la maniere dont on peut croire interieurement les faits propoſez par les Superieurs, ne vous ſatisfait pas, & qu'après avoir fait vos efforts pour ſoumettre vôtre eſprit & vôtre volonté à la déciſion de la Bulle, il vous reſte encore des doutes ; faites les moi connoître en particulier : Je ne vous demanderai pas un acte d'obeïſſance aveugle, vous ne me le devez pas, mais j'eſpere de vous convaincre qu'il y a des expreſſions dans Janfenius ſi obſcures & ſi équivoques, qu'elles vous mettront au moins dans le doute ſur ſon ſens naturel, par raport aux cinq propoſitions, vous perdrez

* *Lib.* 3. *cap.* 5. §. 4. & 5.
† Hincmar opuſculo, *cap.* 24. 25. & 43.

par là l'idée de cette évidence, qui empêche de déferer à
l'autorité de l'Eglife. En attendant que je m'explique affez
nettement avec vous, continuez de garder le filence, & fou-
venez-vous qu'en matiere de Religion on fe fait fouvent
mieux entendre, en difant ce que les chofes ne font pas, qu'en
voulant expliquer ce qu'elles font.

Cependant ce feroit donner un grand avantage aux Pro-
teftans de leur laiffer lieu de croire, qu'il y a un parti dans
l'Eglife, perfuadé ou qu'elle a pû tomber dans la tyrannie &
dans l'inpieté, en faifant figner le Formulaire ; ou que les
Papes & les Evêques de France ne font point l'Eglife même
avec le confentement tacite de tous les Pafteurs, ainfi que
quelques uns l'ont ofé dire. La premiere de ces deux propofitions tient de l'impieté & du blafphéme, & l'autre n'eft pas
loin de l'herefie, tendant à faire croire que l'Eglife de Jesus-
Christ n'eft plus vifible. Où la mettroit-on fi on ne la re-
connoiffoit point dans les Papes & dans les Evêques ? En
quel lieu du monde feroit-elle cachée ? Ne refideroit-elle
plus, comme les Calviniftes le veulent, que dans le cœur
des Elûs ?

Difons plus : fi les Papes & les Evêques qui ont donné
& reçû les Conftitutions fur l'affaire de Janfenius, ne font pas
l'Eglife avec le confentement exprés ou du moins tacite des
autres Pafteurs, donc l'Eglife n'a pas condamné les cinq
Propofitions, donc on pourroit encore en foutenir la catholicité, ce qu'aucun de ceux qu'on appelle Janfeniftes n'a jamais
avancé, ayant tous au contraire fait une profeffion fincere de
regarder les propofitions comme heretiques.

Enfin fi les Souverains Pontifes & les Evêques de France
n'étoient pas l'Eglife avec le confentement des autres Pafteurs,
les

les Canons des Conciles d'Ancire, de Néocéfarée, de Lao-
dicée, &c. qui n'étoient que des Conciles particuliers,
dans lesquels il y avoit eu certainement moins d'Evêques
qu'en France & en Flandres, où les Bulles contre les cinq
propofitions ont été reçûës, ne devroient pas être regardez
comme des Regles de l'Eglife, quoique reçûs & mélez avec
des Canons des Conciles Généraux dans le Code de l'Eglife
univerfelle.

Aprés tout ce que je viens de dire dans ce Mandement,
que la neceffité de me juftifier avec les XXII. Evêques m'a
obligé de faire fi long, je fuis perfuadé que ceux qui auront
la patience de le lire, jugeront que fi ces Prélats ont eu raifon
de s'oppofer à l'établiffement du Dogme de la foy divine fur
les faits non revelez, en éloignant leurs Inferieurs des erreurs
des cinq propofitions, ç'a été auffi un effet de leur fageffe
Epifcopale, de n'entrer dans aucune difcuffion de la nature
de la foumiffion dûë aux décifions de l'Eglife fur les faits
non revelez ni fur la croyance interieure. S Chrifoftome &
S. Auguftin remarquent plufieurs degrez de foy dans l'Offi-
cier qui alla trouver Jesus-Christ avec empreffement pour
l'obliger d'aller guerir fon fils qui fe mouroit; pourquoi ne
le ferions nous pas dans une croyance qui eft au deffous de
la foy divine, d'autant plus que l'experience nous aprend
tous les jours, que lorfque nous prenons l'avis de quelqu'un,
nôtre croyance s'augmente à proportion de l'eftime & de la
confiance que nous avons pour celui que nous confultons?
Nous ne crûmes donc point devoir entrer dans des queftions
Philofophiques, fur la qualité des impreffions que font les
objets plus ou moins fortes, durables ou paffageres, felon la
nature des motifs qui remüent l'entendement, il y en a qui

S

le font froidement , l'entement, infenfiblement & prefque
fans action , & alors fes croyances font foibles ; d'aurres lui
font des impreffions plus fortes, plus vives , plus efficaces ,
plus durables, lui laiffant neanmoins la liberté d'examiner ,
d'écouter, de confulter & de fe déterminer par fes propres
lumieres. E'toit - il de la prudence des XXIII. Evêques de
donner lieu d'examiner en quel degré leurs inferieurs devoient
mettre la croyance interieure du fait de Janfenius , fuppofé
qu'il y en eût entr'eux qui par leurs propres lumieres dou-
toient fi elles y étoient ? N'auroient - ils pas multiplié les
difficultez, au lieu d'établir la paix comme ils le defiroient ?
Tout cela n'eût été propre qu'à éternifer cette difpute par
les confequences qu'on en eût pû tirer. Un fils , par exemple,
ne croit que par une croyance purement humaine qui eft fon
Pere , & il ne laiffe pas de croire qu'il peche mortellement
s'il manque à lui obéir.

Il y a des raifonnemens qui produifent l'évidence, d'autres
qui aprochent de la demonftration, & des connoiffances
obfcures , incertaines , imparfaites & prefque douteufes ,
qui produifent neanmoins des croyances interieures. Eût - il
donc été encore une fois de la prudence des XXIII. Evêques , d'ajouter cette nouvelle difficulté à celle que cinquante
ans de difpute, entre les plus habiles Docteurs de l'Univers
avoient produites ? Et ferions nous affez malheureux aujour-
d'hui pour faire Schifme , en n'acceptant pas la Bulle du Pape,
fous pretexte qu'elle demande la croyance interieure fur un
fait qui depoüillé de la queftion du droit, fur laquelle les
XXIII. Evêques n'ont jamais fait la moindre difficulté , femble
tout à fait frivole , & auquel les XXIII. Evêques n'ont jamais
été attachez ? J'ofe dire qu'ils étoient fi éloignez de tout

efprit de Schifme, & fi plein de refpect pour le S. Siege, que s'ils étoient en vie ils recevroient auffi bien que moi, la Bulle dont il s'agit, non feulement fur le Dogme ; mais encore fur le fait, & qu'ils ne feroient point de difference entre la croyance interieure & la foumiffion interieure, ce qui n'eft en effet qu'une queftion de nom.

Je reçois donc tres refpectueufement cette Bulle, & j'or-donne qu'elle foit lûë & publiée dans toutes les Conferences Ecclefiaftiques, & dans les Communautez Regulieres de ce Diocefe avec mon Mandement, & qu'elle fera enregiftrée dans nôtre Greffe, perfuadé que ceux même qui font le plus portez à cenfurer tout ce que je fais, n'y trouveront raifon-nablement rien à redire, j'avois commencé à répondre à quel-ques difficultez qu'on m'avoit propofées, mais aprés y avoir mieux penfé, j'ai crû devoir attendre qu'on les rendit publi-ques, difpofé cependant à me corriger dans tous les points où l'on me montrera que j'ai tort, n'ayant eu que la verité en vûë dans tout ce que j'ai dit, & de défendre la memoire de XXII. Prélats avec lefquels j'ai été uni, & qui comme moi n'ont cherché par tous les mouvemens qu'ils fe font donnez, qu'à procurer la paix à l'Eglife de France. Donné à Saint Pons le dernier Octobre 1706.

✠ PIERRE JEAN FRANCOIS Evêque de S. Pons.

LISTE DE PLUSIEURS TERMES EQUIVOQUES,
contenus dans le Livre de Janfenius, tirez des vrais ou faux Difciples de S. Auguftin & des differentes écoles de S. Thomas.

LES Theologiens ne pouvant nier que l'Eglife regarde les fentimens du premier de ces deux Saints comme la regle de fa foi
fur les matieres de la grace, & que le fecond paffe pour un de fes
plus fidelles Difciples, ont attaché des idées tout à fait oppofées
aux termes dont ils fe font fervis, afin de parler tous le même langage que ces Saints, quoique plufieurs fuffent dans des fentimens
contraires aux leurs. Ainfi la premiere des cinq Propofitions eft com-
pofée des termes de poffibilité & d'impoffibilité, aufquels on a donné
des fignifications fi differentes, qu'on peut tirer des confequences con-
tradictoires de chacun, felon les divers commentaires qu'on y fait;
de forte qu'il eft impoffible à prefent de donner aucune idée nette
& precife de ce que l'on veut dire, fi on n'explique auparavant ces
mots. En effet quiconque ne fera pas la difference de la puiffance
antecedente & de celle de confequence, de la fimple poffibilité ou
capacité, & de la puiffance de futurition & de pofition, pour ufer
des termes barbares de l'école, du pouvoir prochain & du pouvoir
éloigné, des poffibilitez & impoffibilitez naturelles & des furnatu-
relles, des interieures & des exterieures, des phifiques & des mo-
rales, des abfoluës & des conditionnelles, des proprement & impro-
prement dites, tombera infailliblement dans des contradictions ma-
nifeftes.

Ces termes de puiffance & d'impuiffance ont encore des fens tout
à fait differens, felon la diverfité des états où l'homme peut être
confideré; autre feroit le pouvoir de la nuë poffibilité, & celui de
l'état de la nature pure fi l'homme y avoit été créé; autre celui de
l'état d'innocence dans lequel il a été créé effectivement; autre celui de la nature corrompuë par le peché du premier homme, mais
reparée par le Sang de JESUS-CHRIST; autre eft encore dans ce
dernier état le pouvoir des juftes & des predeftinez, & autre celui
des infidéles, des endurcis & des impenitens, qui loin de s'éforcer
d'accomplir les Commandemens de Dieu, les ignorent ou les mê-
prifent pour fe livrer à leurs paffions.

Le pouvoir de Dieu & celui des bienheureux font encore diffé-
rens de celui de l'homme voiageur, de quelle maniere qu'on le con-
sidere. Confondre ces états en ne s'en expliquant pas nettement,
& attribuer à l'un le pouvoir de l'autre, c'est faire d'une proposition
catholique une heretique, & d'une heretique une catholique,
c'est ne pas voir ce qui paroit évident aux autres, & c'est voir le
contraire de ce que les autres voient ; & c'est bien souvent plus le
défaut de l'Auteur que du Lecteur.

Les XXIII. Evêques se considerant comme Juges legitimes de faire
cet examen avant de faire signer le Formulaire, instruits des contestations vives sur l'intelligence & sur l'application de ces termes
de pouvoir & d'impossibilité, furent bien aises de trouver l'expression
du silence respectueux pour éviter cette discussion.

La seconde Proposition est composée du terme de Grace, il y en
a d'exterieures & d'interieures, celles-cy se divisent en graces d'o-
peration, de disposition, de direction, de protection, d'inspiration, les-
quelles secourent, enseignent, éclairent & conduisent. Il y en a d'ha-
bituelles & d'actuelles, de medecinales, de predeterminantes, de libe-
ratrices, d'autres qu'on appelle secours avec lequel, ou sans lequel,
avec lequel on peut, & sans lequel il n'est pas possible d'agir, il y a des
graces efficaces, puissantes, toutes puissantes, tres efficaces & victorieu-
ses, d'autres preparantes, excitantes, concomitantes, subsequentes,
suivantes, obeissantes & suffisantes.

Les heretiques ont donné des sens opposez à toutes ces sortes de
graces ; selon Pelage, le mot de grace ne signifie que la nature, ou
la volonté qui nous a été donnée gratuitement dans la création ; mais
selon l'Eglise Catholique, c'est un don surnaturel du S. Esprit accordé
par un effet de sa pure misericorde ; & la grace habituelle en particulier, est une qualité permanante, une habitude qui est dans le fond
de nôtre ame, laquelle nous rend agreables à Dieu, participans de sa
nature, & ses enfans adoptifs.

La troisiéme Proposition est composée des termes de liberté, de necessité & de contrainte, sur lesquels il n'a pas été plus difficile aux
Theologiens des deux partis d'équivoquer, que sur ceux des precedentes Propositions. La liberté convient à Dieu, aux Anges, aux
bienheureux & à l'homme voyageur dans quelque état qu'on le sup-

T

posé, mais dans des sens opposez. Les payens, les heretiques & les écoles catholiques expliquent differemment le même terme: Les Pelagiens ne reconnoissent rien de surnaturel & encore moins le peché originel, en cela ils étoient des disciples des Payens; ces heretiques font consister l'essence de la liberté dans un équilibre ou indifference complete de la volonté, sans que quoy que ce soit la puisse faire pancher plûtôt d'un côté que d'un autre. Les Manichéens & plusieurs Payens l'ont asservie au destin, & aux influences des astres dans tous ses mouvemens : Les Calvinistes retenant quelque chose de cet asservissement l'ont imputé à une cause surnaturelle. Les écoles catholiques se sont partagées pour s'éloigner de ces erreurs, & ont fait de sistemes, & des explications differentes, les uns distinguent la liberté ou indifference en potentielle ou suspensive, & en actuelle; les autres en liberté, *in actu primo & in actu secundo, à quo & ad quem, in sensu composito & diviso*. C'est à dire considerée avec une certaine supposition, ou sans cette supposition, ce qui rend la même proposition vraie & fausse selon la supposition qu'on fait, ou qu'on ne fait pas.

Quelques Theologiens pretendent que S. Thomas n'a jamais entendu ces distinctions, comme ceux qu'on appelle Thomistes les exposent.

Le terme de necessité est encore equivoque parmi les Theologiens, les uns veulent que S. Thomas n'ait jamais entendu par le mot de necessaire, qu'une chose absolument déterminée à un seul acte, comme il se voit dans les bêtes, & que tout ce qui n'est pas ainsi determiné est exempt de necessité, & qu'ainsi tout ce qui a la puissance de vouloir & de ne pas vouloir, exclut toute sorte de determination & est libre.

L'on divise encore la necessité en absoluë, qui étant accompagnée du plaisir de la charité, comme elle est dans les Bien-heureux, est compatible avec la liberté, n'excluant que la contrainte & la violence, d'où vient qu'elle ne peut être meritoire, & en necessité hypothetique accompagnée d'indifference. Cette indifference se divise en indifference de contrarieté & de contradiction, de specification & d'exercice, active & suspensive, toutes compatibles avec la possibilité de faire le bien & le mal; d'où il s'ensuit qu'il y a deux fortes de determinations & de mouvemens donnez à l'égard d'une même chofe, l'une qui convient aux chofes neceffaires, & l'autre aux chofes libres & qui peuvent agir ou n'agir pas.

N'ay-je pas eu raifon, MES FRERES, de garder durant 40. ans le filence fur des matieres auffi abftraites & auffi embrouillées, n'y ayant point de neceffité de vous en embaraffer: Mais aujourd'hui, obligé de juftifier les XXIII Evêques de n'être point voulû entrer dans toutes ces difcuffions, j'obmettrois la meilleure raifon, fi je ne vous montrois dans le détail la difficulté de ne fe pas méprendre fur l'intelligence de ces Propofitions.

Dans la quatriéme & cinquiéme Propofitions il y a encore plufieurs termes équivoques, fçavoir la volonté de Dieu, la volonté des hommes, le pouvoir dont il eft parlé, la grace prevenante, les Demipelagiens, & la Mort de JESUS-CHRIST. Tous ces termes pris en divers fens font des Propofitions contraires.

La volonté de Dieu fe divife en univerfelle & particuliere, en antecedente & confequente, comme parle l'Ecole, abfoluë, independante & conditionnelle ou hipothetique, celle de l'homme fuppofé dans l'état de la nature pure, c'eft-à-dire, fans grace, mais non felon plufieurs fans concupifcence; quoi-qu'il en foit de cette derniere fuppofition, s'agiffant feulement s'il eft poffible, cet état eft different de celui de l'état d'innocence dans lequel Adam fut créé, & la grace de ce dernier état eft differente de celle de fes defcendans envelopez dans le peché originel.

Autres font encore les volontez & les difpofitions, les graces des regenerez confervez dans l'innocence baptifmale, & celle des penitens, & des pecheurs endurcis. Si l'on raifonne de l'homme mis fous ces divers états, & fous les graces qui conviennent à chacun fans les diftinguer, on mettra la confufion dans tous ces états.

On fe peut méprendre auffi fur les termes de Demipelagiens; ces heretiques fe font fervis d'expreffions fi entortillées pour couvrir leurs erreurs, que l'on eft encore aujourd'hui en peine de les bien connoître, & de decider au jufte en quoy elles confiftent. Quoiqu'il en foit de ces difputes, l'on convient qu'ils rendoient la grace de JESUS-CHRIST fi dependante de la volonté de l'homme, qu'ils aneantiffoient le miftere de nôtre Redemption. Saint Auguftin tomba dans leurs erreurs en voulant trouver un temperamment entre les Manichéens & les Pelagiens ; tant il eſt vrai qu'il eſt aiſé.

Encore que la Mort de JESUS-CHRIST pour tous les hommes ſoit une verité de foy, enſeignée ſelon nos Theologiens évidemment en termes exprez par ſaint Paul * & par ſaint Jean †, ce ſeroit deshonorer le myſtere de la Redemption, & être heretiques, de croire que le Sang de JESUS-CHRIST répandu pour les Elûs & pour les Reprouvez ne fût pas plus particulierement apliqué aux premiers, & de ne rien diſtinguer entre la volonté generale de JESUS-CHRIST de mourir pour tous les hommes, & la volonté ſpeciale d'apliquer le merite de ſon ſang d'une maniere efficace pour ceux qu'il veut ſauver par ſa volonté abſoluë. Raiſonner donc ſur la Mort de JESUS-CHRIST & ſur la volonté generale & an-tecedente, comme ſur la volonté abſoluë & conſequente, comme l'apelle l'Ecole, c'eſt ne faire que des galimatias, & confondre l'erreur & le menſonge avec les veritez catholiques. En voici un exemple : JESUS-CHRIT a eu la volonté de mourir pour ſauver Judas & eſt mort pour lui : JESUS-CHRIST a eu la volonté de mourir pour ſauver ſaint Pierre & eſt mort auſſi pour lui. Si l'on entend ces propoſitions de la volonté de Dieu generale & ante-cedente à ſes Decrets abſolus ; toutes deux ſont vrayes ; mais ſi on les entend de la volonté abſoluë & efficace, la premiere eſt fauſſe, & la ſeconde tres veritable, puiſque Judas s'eſt perdu, & que ſaint Pierre a été effectivement ſauvé.

* 2. Corinth. 6. 5.
† Timot. 1. Jean. 2. 6. 2.

www.ingramcontent.com/pod-product-compliance
Lightning Source LLC
Chambersburg PA
CBHW060457260626
47161CB00005B/2148